行政院文化建設委員會　指導

第十一屆現代少兒文學獎獲獎作品

一樣的媽媽不一樣

梁雅雯　著

評審委員的話

張子樟：任何人都沒有選擇父母的權利，這篇故事中的主角也從未做過這類嘗試。他只是以母親的殘障而不安、差怯，企圖逃避現實。他終於從另一個同學身上找到解決自己困擾的最佳方式。全文布局合理，敘述清晰，文字不錯，雖生澀，但頗能刻劃出少男的心理轉變。

張春榮：生命貴於自「自卑」的傷口走出，坦然面對，形成「超越」，透過「計較」、「比較」，德偉得以走出媽媽跛腳的陰影，走向陽光。結尾處，若能在細節上再豐富些，語言再形象些；藝術效果會更佳，感染力會更強。

目錄

1 巷子裡的媽媽

　　正午，陽光亮晃晃的灑了一地，灼人的光芒耀武揚威的宣告著南台灣夏季的來臨。

　　是啊！夏天來啦！

　　瞧！偌大的校園是不是像極了媽祖廟裡香煙裊裊的大金爐？被陽光烤得炙熱的操場不時漫著騰騰的熱氣，就差沒冒出火花來。

　　德偉抬了抬快被地面煎成三分熟的腳板，搧涼似的擺了幾下，眼睛順勢溜溜的向四周轉了一圈——咦？那群三不五時就愛在跑道

上溜達、和工友伯伯大玩「鬼捉人」遊戲的大花狗、小黑貓這會兒都躲哪兒納涼去了？居然連個影子也沒看見！再瞧瞧平時佇立在跑道邊、神氣得不得了的大王椰子，此時竟如鬥敗的公雞一般，只能在濕熱的南風中有氣無力的揮動那幾片低垂的葉子；舉白旗似的。

唉！熱啊！這種天氣。

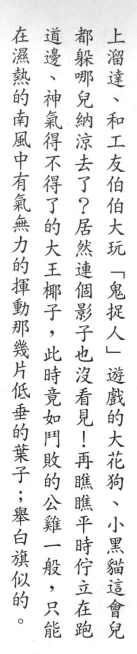

眼光挪回了操場正前方的司令台，上頭的導護老師正口沫橫飛的叨唸著大夥兒早已耳熟能詳的叮嚀，隔著刺眼的陽光，德偉只看見導護老師的大嘴元氣十足的開開合合，似乎完全沒有停止的意思。

這麼熱的天講這麼多話不口渴嗎？德偉的心裡納悶極了。瞄了瞄腕上的錶，距離剛剛的放學鐘聲已過了十五分鐘了，擴音器裡的嚷嚷聲卻絲毫沒有減弱的趨勢，仍然奮力的越過蒸騰的熱氣對他的

耳朵進行疲勞轟炸。

「呼！還要講多久啊……熱死人啦！」嘆口氣，他抬起眼，不耐煩的盯著頭頂上湛藍得看不見一絲白雲的天空低聲抱怨著，難不成連白雲都給這金光閃閃的大太陽給嚇跑了？

太陽持續在頭頂上發威，涔涔汗水早已濕透了橘色帽沿，留下一大圈深色的水漬；依然不斷冒出的汗珠終於滲出帽子的勢力範圍，順著短短的髮梢一滴滴的落下，才一會兒工夫就浸透了他的衣領。

「人體的百分之七十是由水組成的果然沒錯！」他想。伸出手在臉上、脖子上亂抹一把，今天流的汗大概夠裝滿一個大可樂瓶囉！

「還要曬多久啊？」排在他旁邊的阿貴也喃喃叨唸著。他對著

阿貴無奈的聳聳肩，顯然這位不知該說是胖還是壯的阿貴比他濕得更徹底。再這麼「烤」下去，搞不好阿貴肚皮上那一坨油都給逼出來啦！

看著汗流浹背的阿貴，他不由自主的聯想起在煎鍋裡油亮油亮、滋滋作響的滿漢香腸，忍不住掩嘴悶笑。沒想到這麼一笑卻給口水嗆得猛咳，前排的呂莉玫聞聲立刻回頭給他一個大白眼，他一面咳，一面不甘示弱的回敬呂莉玫一個大鬼臉——

哼！討厭的女生！咳嗽不行啊？

好不容易終於捱到導護老師那聲天籟般的「齊步——走！」，人群裡同時響起了一陣陣如釋重負般的喘息聲——唉！如獲大赦啊！這種解脫感覺哪是躲在涼涼的陽傘下、樹蔭下的老師們能體會的呢？

「要是我也能撐把大陽傘參加放學典禮，別說十分鐘啦，站上十個小時我也不怕！」盯著操場上四處飄動的花陽傘，德偉在心裡嘟囔著。

終於放學囉！

在老師們凌厲的眼光下，人群次第的排成一條長長的隊伍離開烤箱般的操場，向大門邁進。德偉踱著慢吞吞的步伐，將溼透了的學生帽低低的壓到眉頭，手上拎著重得像頭牛的書包，腳下有一搭沒一搭的踢著地上的小石子，緩緩的跟在這條橘色大蜈蚣的後頭。唉！星期三中午的放學路隊總是長得看不見盡頭。

最討厭這樣的天氣了！頂著大太陽走路不說，還得拎著個重死人的大書包，尤其這身濕漉漉、黏呼呼的衣服更是弄得他渾身上下都不舒服。

眞是討厭！討厭！討厭死了！

不知哪來的火氣，德偉洩憤似的一腳將腳下的石子踢得老遠，想像著是將那火球般的太陽一腳踢下山的那一頭，這會兒他可眞能體會后羿當時舉弓射日的心情了！

沒想到還來不及享受英雄射日後的快感，就聽到前面的蜈蚣陣裡傳來一聲驚心動魄的尖叫：

「哎喲！好痛喲！」

啊！完了！又是那個告狀鬼呂莉玫的聲音……

果不其然，呂莉玫帶哭的聲音悠悠的從前方飄來：「老師……有人用石頭丟我啦……」

德偉一驚，完了！這下子「后羿射日」可變成了「武松打虎」啦！只是碰到呂莉玫這隻母老虎，大概十個武松也打不贏吧！趕緊

加快腳步跟上路隊，潛入長長的蜈蚣陣裡，好險避開了劉老師出名的雷達眼的掃射。

「哼！愛哭鬼！告狀鬼！下一次眞用丟的，我一定瞄準妳的大嘴……」

他忿忿的咕噥著，眼角一瞥，卻發現走在他斜前方的宏達正回過頭對他調皮的眨眨眼，身旁的阿貴也偷偷的對他豎大拇指，嘴角還帶著讚許的微笑，顯然剛剛精彩的后羿射日，喔！不！不！是「武松打虎」，大概盡收他們的眼底了。

「不可以說喔！」德偉用誇張的嘴型對著他們倆作無聲的叮嚀，雖然這個舉動顯然有些多餘，因爲呂莉玫可是全班男生的頭號公敵，和他同屬「打虎陣線聯盟」的宏達、阿貴當然不可能出賣他囉！只是碰著了呂莉玫這頭花斑大老虎，凡事還是謹慎一點爲妙。

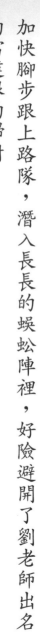

隨著蜈蚣陣緩緩的移動，像顆蜈蚣大便般脫落在路隊最後頭的德偉總算也走到了校門口。

踏上灰黑色的柏油路，一如往常，他一眼便看見了宏達媽媽停在不遠處的紅色小汽車，這輛一年三百六十五天、天天都擦得晶亮晶亮的小汽車正在金色的陽光下閃著迷人耀眼的光芒。

「明天見囉！」宏達向他揮揮手，就朝著小汽車跑去。

德偉停下腳步，直直的盯著宏達鑽進媽媽的車裡。一會兒，紅色的小汽車熟練俐落的在馬路上畫出了一道漂亮的弧，緩緩的離開了他的視線。

「好好喔！」他輕輕的嘆了口氣。

天知道他有多麼的羨慕宏達，就像羨慕那群放學時有爸爸媽媽在榕樹下等著接送的同學一樣。

他轉過身，下意識的望向學校大門口旁那棵又高又大的榕樹。這棵年紀已不可考的榕樹就像把寬闊的綠色大陽傘，在大熱天裡，榕樹下的那一大片陰涼總擠滿了一大群引頸盼望、等著接寶貝兒女的爸爸媽媽。

瞧！前面那個胖胖的、有著一頭捲髮的，就是那個老是考第一名的靜誼的媽媽，她正笑咪咪的接過靜誼手上的大書包呢！看靜誼得意的對著媽媽比手畫腳，想必是在向媽媽報告今天豐厚的戰績吧！

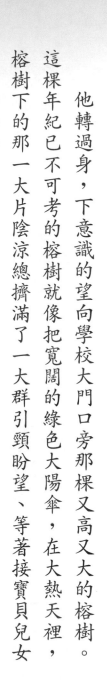

嗯！左手邊那個又高又壯、騎著一台舊舊的白色偉士牌機車的，就是阿貴的爸爸，比德偉早一步到校門口的阿貴正和他爸爸你一句我一句的辯得臉紅脖子粗，不知是爲了什麼事？

另一頭那個穿著長裙，瘦高瘦高，挽著一個漂亮的髮髻的，聽

說就是呂莉玫的媽媽啦！以前很少看見呂媽媽，一直到最近，呂媽媽才常來接呂莉玫回家。德偉仔細的端詳著呂媽媽秀氣慈祥的臉，他永遠也搞不懂爲什麼看起來這麼溫柔的媽媽會生出呂莉玫這麼一個「恰北北」的討厭鬼？

再轉頭看看圍牆邊，那個理著小平頭和志祥的奶奶聊得正起勁的，不就是小剛的爸爸嗎……

德偉靜靜的站在一旁，細細的觀察著每一個同學的家人，胖的、瘦的、高的、矮的、長髮的、短髮的……儘管每個人的爸媽都長得不一樣，但在德偉的眼裡，卻覺得他們看起來都很像——因爲他們都有一雙健康的腳，都能穩穩的站在涼爽的樹蔭下，帶著一樣的燦爛的微笑，等著接他們的孩子放學……

「好好喔！」德偉盯著榕樹下一對對相偕離去的親子檔，打從

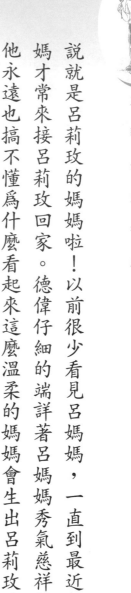

心底羨慕著。

「糟糕！媽媽還在等我呢！」猛一回神，德偉瞄了瞄手錶，天啊！這麼晚了！

低下頭，輕輕的閃過樹蔭下仍喧鬧不休的人群，沿著學校白色圍牆旁的紅磚道，他加快腳步朝不遠處的巷子跑去。

拐個彎，鑽進了巷子裡，遠遠的，他就看見了媽媽。

頂著炙熱的陽光，他的媽媽，坐在那輛有四個輪子的大機車上，孤零零的待在學校的圍牆旁等他。

「媽！」德偉急忙跑上前去，今天讓媽媽等太久了。

「又當值日生啦？」媽媽對德偉笑了笑，並不在意。順手接過他的書包，再費力的移動細瘦的左腳，仔細的將他的大書包塞進機車腳踏板的空隙裡。

「沒有啦！今天是星期三，全校統一放學，導護老師囉哩叭嗦的嘮叨了半天，而且人好多，排了好久的路隊才到校門口。」德偉一面向媽媽解釋著，一面接過了媽媽遞給他的口罩和安全帽，忙著穿戴上。坐在媽媽的機車上，他總是包得密密實實的。

「你這孩子，跟你說過多少次了，不可以隨便批評老師，什麼囉哩叭嗦？老師還不都爲你們好。」媽媽轉過頭，嚴厲的瞪了他一眼，隨即緩下臉說：「嗯……我看，下回我幫你買頂透氣點的安全帽好了，這麼熱的天氣，還戴這種全罩式的，也不怕給熱壞了……」

「不用啦！」他急忙忙的擺擺手，「我們老師說全罩式的安全帽比較安全啊！您不是說要聽老師的話嗎？而且我習慣了啦！」

對啊！他已經習慣這種只露出兩顆眼睛的安全帽，再熱也不

怕。

「你哥哥呢？不是一塊兒放學嗎？怎麼沒看到他人影？」媽媽回頭望向空盪盪的巷口，問他。

「哥說他還有事，晚一點會自己走路回家。」德偉輕聲的回答，心細的他看到了媽媽本來笑意盈盈的眼睛突然黯了下來。

「快上車吧！」媽媽轉過身，發動了車子，背對著他。

他迅速的爬上媽媽的機車，雙腳穩穩的踩在車身旁寬大的輪胎蓋上，這才發現媽媽的衣服早被汗水給浸透了。

如果，他默默的想，如果媽媽也願意到校門口涼爽的樹蔭下接他，那該有多好啊！至少，媽媽就不必曬這麼久的太陽了，只是……

只是，媽媽根本不願意到榕樹下。

其實，他還記得，在他還沒上小學的時候，媽媽也都和別人的

爸爸媽媽一樣，總是載著他到榕樹下去等哥哥放學的。可是，自從哥哥和同學打了那場架後，媽媽就再也不肯到榕樹下等哥哥了。

他還記得，那天……

德偉側著頭，努力的回想著，試著喚起久遠的記憶。

那天，也是個熱死人的夏天吧……

「肚子餓了嗎？」媽媽的聲音響起，將他的思緒自遠遠的過去拉了回來，白花花的陽光刺得他張不開眼。

「有一點。」他摸了摸扁扁的肚皮，唉呀！剛才一直不停的詛咒陽光，倒忘了該祭拜五臟廟這回事了！

「天氣這麼熱，我們買涼麵回家吃，你說好不好？」停在紅綠燈前，媽媽轉過頭來問他。

「好啊！」一聽到最愛的涼麵，德偉開心的大叫，「我還要一

杯冰紅茶！」

嘿嘿！哥哥沒跟上來，算他沒口福！

2 我的媽媽是跛腳

夜裡，屋裡依然悶熱難耐。

早已悶出一身汗的德偉，好不容易才耐著性子複習完功課，熬到了上床睡覺的時間。

睡著了，至少就不會覺得熱了吧？他想。

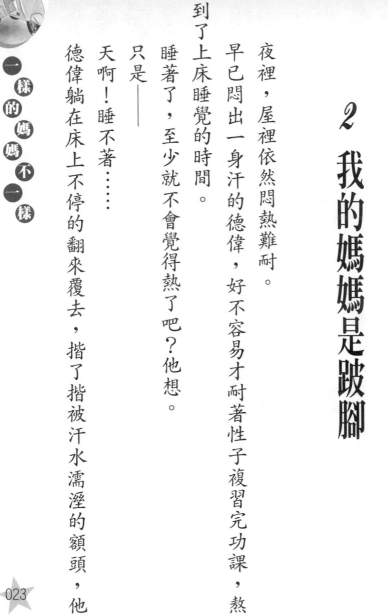

只是——

天啊！睡不著……

德偉躺在床上不停的翻來覆去，指了指被汗水濡溼的額頭，他

伸長手摸向牆上的開關，將電風扇的風速調到最強，這架稱得上「老爺級」的電風扇立刻更加奮力的旋轉著，卻怎麼也吹不走滿屋子的熱氣，只聽見沉悶單調的馬達聲規律的迴盪在小小的房裡，彷彿是電風扇莫可奈何的嘆息。

「什麼鬼天氣嘛……」已經數不清是今天第幾次的咒罵了，嘆口氣，德偉翻個身，緊緊的閉著雙眼，逼自己快快入睡。

不知道現在是幾點了？再不睡，要是明天上學遲到那可就糟了，被老師罰站還事小，一想起呂莉玟那大嘴巴又會逮住機會在他耳邊冷嘲熱諷的嘮叨個沒完，他就頭痛。唉喲！瞌睡蟲，拜託你快點兒來！周公啊！您老人家到哪兒乘涼去啦？德偉想死您啦！

遠處，不知哪隻狗兒也睡不著，向著夜空發出長長的呼喚，招呼著和牠同屬「失眠陣線聯盟」的伙伴們一塊兒引吭高歌，這個舉

動立刻引起了其他狗兒的共鳴，一時雜遝的狗吠聲劃破了黑色寂寥的夜空，汪汪聲不絕於耳。

唉……又嘆了口氣，翻身坐起。德偉投降似的抓了抓頭髮，看來瞌睡蟲大概給外頭這群野狗給嚇跑了，今天是不會來造訪他啦！算了，不睡了！遲到就遲到吧！呂莉玫想笑就笑，反正不管他遲不遲到，她總有本事雞蛋裡挑骨頭的嘮叨他。

扭開桌前的小燈泡，暈黃的光芒立刻灑滿了小小的臥室。拿起鬧鐘一瞧，啊！十二點十五分啦！長這麼大，還不曾這麼晚睡過呢！一掃失眠的陰霾，這會兒德偉心裡倒有些竊喜，嘿嘿！明天可要向阿貴、宏達炫耀炫耀！

只是，現在要做什麼好呢？總不能就這麼發呆到天亮吧？下了床，趿了雙拖鞋踱到窗前，剛才的狗狗大合唱早安靜下來了，他貼

著密密的紗窗向外望，外頭黑壓壓的一片，怎麼看也看不眞切。院子裡靜悄悄的，只聽見綁在他窗外圍牆邊的阿黃大概給忽然亮起的燈光驚醒了，正嗚嗚的低吼著。

這麼晚了，做什麼好呢？

眞不知道電視上說的「夜貓子」們在這麼深的夜裡都做些什麼？德偉扒了扒亂糟糟的頭髮，在心底咕噥著。

在房間裡左搖右擺的晃了兩圈，又在窗邊張望了幾回，嗯，決定了！還是到院子裡吹吹風吧——如果這種悶死人的日子也有風的話。否則，難得當一天的「夜貓子」，卻只會關在房間裡晃來晃去、瞪著電燈泡發呆，這樣窩囊的行爲要讓阿貴給知道了，肯定會被他笑死掉的！至少要去體會一下唐詩裡說的「床前明月光，疑似地上霜」是啥感覺吧！明天也好說給阿貴聽，讓阿貴羨慕羨慕。嘿

嘿！這種夜遊的經驗可不是每個小學生都可以有的喔！

說走就走。

一拉開房門，德偉愣了一下，出乎意料的，走道盡頭的客廳竟然亮著燈！都這麼晚了，會是誰？……難道是——小偷!!

喔，不不不，不可能。小偷摸黑都來不急了，怎麼可能弄得燈火通明。

可是……那會是誰？

爸爸還在大陸工作，不可能三更半夜跑回來；那麼，是媽媽？還是哥哥？真奇怪，今天到底是什麼日子，怎麼大家都不睡覺？

德偉輕手輕腳的走過走道，來到客廳門旁，悄悄的探頭一看——

啊！是媽媽！

媽媽坐在板凳上，側對著他，手裡拿著做衣服時打版用的筆，

熟練的在攤平了的紙版上畫出一道道流暢的線條。

正忙著爲客人裁製著衣服的媽媽，眼神是那麼的專注，手法是那麼的純熟，德偉細細的盯著媽媽的俐落的身手，多年的裁縫經驗讓媽媽的雙手毫不猶豫的在紙版上飛快的移動著，一橫一轉，一件衣服的樣版就這麼勾勒出來了。

德偉好佩服。

難怪連隔壁那個和呂莉玫一般挑剔的阿婆也稱讚媽媽是附近最棒的裁縫吶！

不知過了多久，媽媽終於放下了筆，輕輕的呼了口氣，活動活動僵直的頸子，這才發現呆立在門邊的德偉，掩不住一臉的驚訝。

「怎麼還沒睡？」媽媽瞪大眼睛望著他，再看了看牆上的時鐘，眼睛睜得更大了，「都快一點了，明天還要上學呢！」

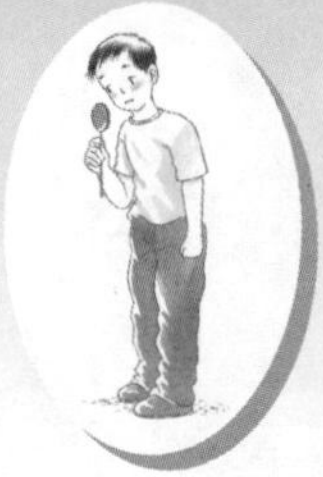

「沒……沒……沒有啦！」德偉一時不知怎麼回答，總不能告訴媽媽說他要去體會唐詩的意境吧！媽媽肯定會教他快快回床上去躺好，那他的計畫不就泡湯啦？況且，他現在可不想回到那活像悶燒鍋似的房間睡覺。

「我……我們老師說要觀……觀察月亮啊！我忘了……」胡謅了個藉口，德偉心虛的看著媽媽。

媽媽眉毛一抬，一臉不可思議的神情：「咦？什麼時候對功課這麼用心啦？三更半夜爬起來看月亮？你這孩子……」媽媽搖搖頭，笑了笑：「還不快去，觀察完早點上床睡覺！眞是……明天早上起不了床我可不管你。」

「ＯＫ！」德偉俏皮的向媽媽打了個手勢，輕巧的開了門，走進了黑黑的院子裡。

沒有風。

連一絲絲的風也沒有。

唉……算了，反正流汗有益健康。

環顧四周，平時熟悉的院子看起來似乎和白天時不一樣，呈「L」型的院子，一頭拐進屋子的側邊，阿黃就綁在那裡，他看不見牠，倒是阿黃走動時，鍊子摩擦地面的匡鎯聲在靜靜的夜裡顯得十分清晰。

「可憐的阿黃！」德偉心想。他穿了件無袖汗衫都熱得受不了了，更何況是穿了一身黃毛大衣的阿黃。

一個轉身，只見客廳的燈光透過方方的窗口，在院子的地上投出了一片長長的明亮。站在暗處，他望進客廳，一覽無遺的。

媽媽正忙著收拾東西呢！

他看著媽媽一拐一拐的在客廳裡不停的走來走去；看著佈滿布料、工具的桌面漸漸的變得整齊。

看著看著，突然，有一點心疼。

客廳黃黃的燈光映得媽媽一身的金黃，恍惚中，他又想起了中午時待在金黃色的烈日下等著他的媽媽。

他想起了涼涼的樹蔭……

想起了樹蔭下或坐或站的人群……

想起了和媽媽一塊兒待在榕樹下等哥哥放學的日子……

也想起了哥哥和同學打架的那一天……

那一天，也是個熱死人的夏天呢！

他還記得——

下午，天氣熱得不像話。

客廳裡的電風扇不停的轉著，總算稍稍趕跑了一些熱氣。哥哥今天要上整天課，家裡就只剩下他和媽媽。

像平常一樣，媽媽坐在裁縫車前忙著幫客人裁製衣服。裁縫車被媽媽踩得喀嗒喀嗒的響著，這聲音德偉從小就聽慣了，還挺喜歡的呢！因爲它不但可以是德偉玩槍戰遊戲時的配樂，還可以是他午睡時的催眠曲喔！

幼稚園中午就放學了。吃過飯，他就乖乖的在客廳的地板上自得其樂的摺著紙飛機。別看他年紀小，他摺的紙飛機可是整條巷子裡飛得最遠的！一想到這，他不禁得意的笑了起來，摺紙飛機的手動得更起勁了！瞧！滿地五顏六色、大大小小的飛機就是他的傑

作，當然，寬大的客廳地板，就是他的停機坪了！

「長大以後，我要開眞的飛機，再載您去大陸找爸爸玩！」德偉告訴媽媽。媽媽笑了笑，繼續將裁縫車踩得喀嗒響。

突然，電話鈴聲刺耳的響了起來，他抬起頭，看著媽媽放下手上的衣服，一跛一跛的趕去接電話。

「喂。」媽媽的聲音在客廳響起，停了一下，「我就是。」

「啊！是李老師啊！您好！您好！」

德偉知道李老師，她是哥哥的老師，笑起來時眼睛就像彎彎的月牙兒，很漂亮，德偉一直很喜歡她。

「怎麼會這樣？這孩子……」媽媽柔和的聲音突然微微的顫抖著，透露出一絲絲的驚慌。

怎麼了？德偉放下手上的紙飛機，凝神靜聽。

「對不起，李老師，我馬上去帶他，馬上去帶他回來……」

媽媽不斷的向電話裡的李老師說對不起，德偉聽得莫名其妙。

媽媽整天都沒有遇到李老師啊，幹嘛要向她說對不起？

掛了電話，媽媽的眼睛變得紅紅的，匆匆忙忙的把他交代給隔壁阿婆後，就騎上機車頂著大太陽出門了。他只好乖乖的坐在阿婆家門口的台階上等著。

阿婆拿了杯青草茶給他，在他身旁坐下來。

「講到你那個阿兄……」阿婆低啞的聲音傳來，他看見阿婆不停得搖著頭，白花花的頭髮一飄一飄的，「年紀那麼小，好的不學，去和別人學打架……實在是喔……」

「唉……」阿婆不說了，嘆了口長長的氣。

他倒是好奇了起來，哥哥平時的脾氣那麼好，從來不會欺負

他，還常常騎腳踏車載他去買冰吃，怎麼會和別人打架？眞搞不懂。

還想著，媽媽的四輪大機車就出現在巷口了，一口喝光了手中的青草茶，向阿婆道了謝，他趕緊跑回家去。

媽媽的車才剛停住，哥哥馬上從機車上跳了下來，臉上還留了個紅紅的大腫包。他才想開口問，哥哥就狠狠的瞪了他一眼，將手上的大安全帽往鞋櫃上一摔，頭也不回的走進家裡。安全帽「碰！」的掉到地板上，咕嚕嚕的轉到牆邊。

他回頭看看媽媽，好奇怪，媽媽的眼睛就和哥哥的臉一樣，紅紅腫腫的，像圖畫書裡的兔子。

怎麼了？

去問哥哥好了！

他跑進了屋裡，還沒到哥哥的房門口，就聽到裡面傳來一陣巨響，嚇得他只好先躲在門邊，瞇著眼從門縫裡偷瞄。

啊！原來哥哥把書包摜到地上了！

「哥……」他怯怯的喊了一聲，將門縫推大些，把自己的腦袋伸進去。

哥哥不理他。

「阿婆說，你和別人打架……」

「那又怎樣！」不太兇的語氣。

「爲什麼要打架？」門縫再推大一點，連肩膀也進去了。

他看見哥哥趴在床上，把臉埋在枕頭裡。

「爲什麼……」他不死心，正想再問，哥的聲音卻悶悶的從枕頭堆裡傳出來：

「誰教他們笑我！」

「可是……媽媽不是說我們要常常對別人笑咪咪的嗎？他們對你笑，你爲什麼要生氣？」

才說完，本來趴在床上的哥哥突然回過身來，兇巴巴的瞪著他：

「他們笑媽媽啦！」哥哥大吼了起來，嚇得他趕緊把肩膀縮回去。

「他們也笑我！還笑媽媽是跛腳！笑我們的媽媽是跛腳！你懂不懂？懂不懂？他們竟然笑媽媽是跛腳！」

哥哥站了起來，臉脹得紅咚咚的，變得好可怕，他急忙縮回腦袋，「碰！」的把門關上，門後的房間裡，哥哥還在歇斯底里的大叫：

「媽媽是跛腳又怎樣？是跛腳又怎樣？又怎樣……」

房裡傳來「嘩啦！」一聲，又不知道是什麼東西給扔到地上了。

哥哥太可怕了，他急忙去找媽媽。在屋裡轉了半天，他才發現媽媽一個人背著門，坐在暗暗房間裡。

他看不見媽媽的臉。

「媽媽！」輕輕的喚了一聲，今天大家都怪怪的，他有點害怕。

媽媽藏在陰暗中的身影顫了一下，仍是背著他。

「乖！去冰箱拿些冰塊給哥哥敷臉，媽媽休息一下。」媽媽的聲音啞啞的，和平常不太一樣。

媽媽怎麼了？

哥哥怎麼了？

他眞的不懂。

那天過後，媽媽雖然還是每天騎著機車載哥哥去上學，只是還沒到門口，媽媽就在巷子裡讓哥哥下車了，不肯再騎到校門口的榕樹下。

直到現在，他已經小學四年級了，每天每天，媽媽還是堅持一個人待在巷子裡等他。

而哥哥呢？

哥哥總是喜歡自己走路回家……

「德偉啊？」媽媽的聲音忽然響起，把他嚇了一大跳，猛得從回憶中回過神來，看見媽媽正倚著門框狐疑得盯著他瞧。

「啊？」不知道媽媽到底站在那兒多久了？他趕緊抬起頭，裝模作樣的在黑沉沉的夜空中搜尋月亮的位置。

「別再看啦！我剛剛才想到，今天是初一，根本看不到月亮，你在外面觀察得再久，也看不到啦！」媽媽好笑得搖搖頭，「快進屋裡去，都一點半啦！」

3 我們是一國的！

快快快！快遲到啦！

一早，德偉一如往常，跳下媽媽的大機車後，便拖著大書包跑百米競賽似的穿過小巷，越過大門，直奔教室而去。今天的天氣像昨天一樣熱得讓人抓狂，瞧！才大清早呢！德偉的襯衫就給濕透了。

「討厭死啦！沒事這麼熱幹嘛？」滿頭大汗的德偉好不容易才爬上二樓的教室前，鐘聲竟然毫不體恤的在這節骨眼響了起來。

「糟糕！果然遲到了！」

顧不得滿身的汗水，他躡手躡腳的貼著牆面，側身先在門口探了探，這才驚喜的發現，平時一大早就守在教室裡逮人的老師今天竟然還沒進教室呢！

「呼！好險好險！」

鬆了一大口氣，拍拍胸脯，德偉便大搖大擺的走進了教室。一落座，顧不得掏出書包裡的作業本，就趕忙摘下頭上的帽子當扇子搧了起來。

搧著搧著，心裡還爲早上的好運氣得意著，眼角的餘光卻突然瞥見兩條彎彎扭扭、活像雨傘節一般的長辮子從他身邊甩過，德偉一驚，帽子差點兒就落了地。

「哎呀！我的天！」他在心裡發出無聲的哀號：「怎麼又是那

個陰魂不散的母夜叉啊……」

果然——

「噁！是誰啊？一早就滿身的汗臭味！」

德偉聞聲猛得抬頭，就見著了呂莉玫正捏著鼻子，一臉嫌惡的斜睨著他。

「唉唷！竟然又是那隻愛遲到的懶豬啊！難怪……」濃濃的鼻音再度自前方傳來，幾乎要挑起了德偉全身的「戰鬥細胞」。

「忍耐！忍耐……」深深吸了口氣。德偉逼自己將一大串幾乎衝口而出的髒話硬吞回肚子裡，咬牙切齒的。

「忍耐！要忍耐……」再一個深呼吸。還記得上回和呂莉玫交鋒時，他一個不小心罵溜了嘴，結果這個「抓扒仔」竟一字不漏的回報老師，害他足足拖了一個星期的地板，一想到這個慘痛的經

驗，新仇加上舊恨，德偉真氣得牙癢癢的。

但，還能怎麼辦呢？

「算了，算了！大人不計小人過，看在今早的好運氣份上，不跟你計較！」德偉對著呂莉玫的背影扮了個超級大鬼臉：「哼！蛇髮女妖！汗臭味又怎樣？最好臭死你！」

唉！要不是平時聽慣了呂莉玫的毒言毒語，逼得他早早練就了一身高明的「忍術」。不然，要換成兩年前的他碰到這般「戰況」，他鐵定會拿條抹布衝上去揩揩呂大小姐的嘴，好教大夥兒評評理，倒是他的汗臭還是她的嘴臭！

哼！還用說，後者肯定更勝一籌！他悶悶的想著。

正鬱悶著，突然想起了昨天放學時的那一記石頭功，心裡總算有點爽快！嘿嘿！

一時心情大好。

轉過身，打開書包，把昨天的作業用力的拉出來。眉頭一抬，德偉這才發現自己左手邊本來空著的地方不知何時多了套桌椅。

「給誰坐的？」他問右邊的宏達，順便把作業遞了出去，宏達是他們這組的小組長。

宏達正忙著將桌上那一大落的作業分門別類的堆好，沒空理他，只聳了聳肩，算是回答。

德偉盯著那張桌子看了半晌，是轉學生吧！他想。班上已經好久沒有新同學加入了，不知道這回會來個什麼樣的人？

「拜託拜託！可千萬別再來個呂莉玫二號！」雙手合十，他默默的在心底祈禱。

如果也來個男生，那就太棒了！班上的男生實在太少了，老是

被呂莉玫那票女生治得死死的！眞窩囊。

一想到這裡他就有氣！

「對！最好來個又高又壯的大力士，可以把瘦巴巴的呂莉玫像拎小雞一樣拎起來，一甩就將她甩到中庭的水池裡陪鯉魚游泳去！」

他一手支著腦袋，想像著呂莉玫噗嚕嚕的在水池裡吐著泡泡，頭上猖狂的雨傘節轉眼間就變成兩條不停淌著水滴的小水蛇……

唉喲！太好笑了……

「做什麼一大早笑得跟白癡一樣？」阿貴的大掌「啪！」的一聲拍在他的腦門上，痛得他立刻回神。

「你聾子啊？叫你好幾聲都聽不見。」阿貴氣呼呼的大叫，伸手又想來上一掌。

「噢！很痛吶！」德偉忙收住上揚的嘴角，側身一閃，躲過了阿貴第二個巴掌，「什麼事啦？」

「剛在樓梯口碰到老師啦！他教你去辦公室一趟！你完了你！八成老師又抓到你遲到！」

阿貴幸災樂禍的說完，就在他前面的位置坐下，「咦？有新同學啊？」

挨了一掌的德偉沒好氣的瞪了阿貴一眼，轉過身，沒搭理他，跳起來就往樓下辦公室衝去。

「臭阿貴，沒事那麼大的手勁，就算不是白癡也被你拍呆了！」撫著隱隱發疼的腦門，他一邊跑一邊抱怨。

下了樓，再拐個彎，劉老師的辦公室就到了。

不知道老師找他是爲了什麼事？該不會眞的是因爲他早上遲到

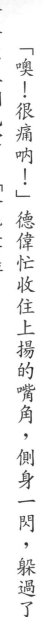

吧……唉呀！眞糟糕，他竟忘了劉老師是學校出名的雷達眼了，他一大早挨在門邊磨磨蹭蹭的樣子該不會都給瞧見了吧……

完了完了……今天已經是他這個星期第三次遲到，這下子肯定得被罰站到太陽下山了……

「報告！」懷著忐忑不安的心情來到辦公室門口，怯怯的喊了一聲。

辦公室裡，劉老師神情愉悅的坐在他的桌前。

「呼！還好，看起來不像生氣的樣子……」德偉在心裡偷偷舒了一口氣，定睛一瞧，才發現老師身旁站了一個好秀氣的男生。

啊！一定是新同學！

基於好奇心，德偉的眼睛滴溜溜的對著這位新同學稍稍打量了一下——嗯，細細瘦瘦的身材、白白淨淨的皮膚、大大圓圓的眼睛

……

唉，有一點失望。他的大力士不見啦，可憐兮兮的水蛇一時又恢復成了張牙舞爪的雨傘節……

不過，至少是個男的。

還不錯啦！可以均衡一下班上的男女差距！他想。

「進來！進來！」劉老師向他招招手，笑咪咪的，他趕緊走上前去。

「這是我們班的班長，德偉。」他聽見劉老師向小男生介紹自己，下意識的挺了挺胸。「他很活潑，很熱心，你以後有什麼問題都可以請德偉幫你的忙！」

「你好！」小男生開口了，聲音也細細柔柔的，喔！他夢中的大力士完全的破滅了！看樣子繼班上原本的十五個弱男子之後，這

會兒又多了一個可供呂莉玫頤指氣使的小羔羊了……

可憐喔！

他悄悄的在心底爲這個秀秀氣氣的小男生念了句「阿彌陀佛」——願佛祖保佑你別慘遭呂莉玫的「毒口」！

「德偉，以後麻煩你多照顧我們家小丞，好嗎？」另一個溫柔的嗓音響起，德偉這才注意到新同學的身邊還坐了一個長髮披肩的漂亮女人，長相和新同學有些神似，應該是新同學的媽媽吧！他猜想。

他媽媽長得好漂亮喔！比樓上那個自以為是的蛇髮女妖還漂亮個好幾千倍呢！德偉有些看呆了……

「這是小丞的媽媽。」老師提醒他。

「阿……阿姨好！」德偉有些不好意思的向小丞媽媽笑了笑，

小丞媽媽也給他一抹微笑。

打過了招呼，老師和小丞媽媽又寒暄了好一陣子。

說是寒暄，其實大多是老師說，小丞媽媽聽。說眞的，老師話頭一起，誰都擋不住的，這一點全班同學都有深刻的體認。

於是，當口若懸河的劉老師哇啦哇啦的向小丞媽媽介紹學校的規定及班上的生活規則時，德偉就這麼呆呆的站在一旁看著正凝神細聽的小丞媽媽。

心裡，有一種怪怪的感覺在發酵。

在德偉的印象中，媽媽從來沒有陪他到過學校。

就連德偉上一年級的第一天，也都是哥哥帶著他走進教室裡的。喔！天知道他是多麼羨慕別的同學！每次看著別人的媽媽或陪著來上學、或幫著送學用品來學校、或來找老師聊天，他的心裡總

是酸不溜丟的。

唉……小丞真好，有這麼漂亮的媽媽陪他來學校……他酸酸的想著。

「唉呀！我該走了！老師，真抱歉打擾你這麼久！」好不容易劉老師的演說終於告一段落，小丞媽媽這才準備道別。

「德偉，真對不起喔！讓你陪著我們站了這麼長的時間。」小丞媽媽帶著滿臉的歉意向著他說。

「啊！沒關係啦！」德偉的腦袋甩得像波浪鼓似的。這可不是客套話，他是真的一點也不介意。想想，與其坐在教室裡聽呂莉玫喳喳呼呼的大呼小叫，他寧願站在辦公室裡聽他們倆聊天。

小丞媽媽笑了笑，將手提包掛上肩膀，慢慢的從椅子裡抬起身體。

……

一直望著小丞媽媽的德偉猛然瞪大了雙眼，心臟彷彿狠狠摔了一大跤！他只聽見腦袋裡「轟！」的一聲巨響，思緒便全亂成了一團——怎麼會這樣？

怎麼會……

他想，他現在的嘴巴一定塞得下一顆鴕鳥蛋，可是……可是他就是沒辦法叫嘴巴閤起來！

小丞媽媽……怎麼會撐著——拐杖？？

他楞楞得看著漂亮的小丞媽媽一手撐起拐杖，一手扶著桌子吃力的立起身體來，一旁的小丞隨即貼心的爲媽媽遞上另一隻銀色的拐杖……

啊！啊！怎麼會？他在心底大叫。

怎麼這麼漂亮的阿姨，竟然也是個跛腳……

德偉呆呆的立在原地，陽光穿過了窗口，映照得小丞媽媽的拐杖不時散發出銀亮亮的光，他看得有一點頭昏了……

爲什麼？爲什麼這麼漂亮的阿姨也是跛腳？

可是……

爲什麼？爲什麼小丞還是笑得那麼開心？他的媽媽是跛腳，他不難過嗎？

爲什麼？爲什麼小丞還是大大方方的在走廊上和媽媽又摟又抱？他的媽媽是跛腳，他不怕別人笑嗎？

爲什麼……

他不懂。

德偉看著小丞，他看不到彆扭，看不到害羞，只看到一張笑得

好開心的臉頰，塞在他媽媽的懷裡。

「下午要記得來接我喔！」小丞說，「我在大門口等你！」

喔！小丞，不要！不要到大門口！德偉在心裡大叫，那裡很多人，他們會笑……

「大門口的榕樹下對不對？……好了，我先回家囉！要乖吶！」小丞媽媽一面說著，一面騰出一隻手，輕輕的理理小丞的衣領，接著便撐起拐杖，一拐一拐的走了。

喔！阿姨，不要！不要到榕樹下等小丞！望著小丞媽媽的背影，德偉聽到自己的心在怦怦怦的亂跳，他們會笑妳！不要……

突然，劉老師戳了戳德偉的背，提醒他：「該說什麼？」

「阿……阿姨再……再見！」他結結巴巴的說，心裡的話，他說不出來。

小丞媽媽回過身來，對他擺了擺手，露出一個溫柔的笑，又拄著拐杖走了。

他愣愣的盯著兩隻銀色的枴杖，一下前一下後的在走廊上輕輕滑過，直到兩道銀亮亮的光，消失在走廊的轉角……

怎麼會這樣？……

「帶小丞上樓去吧！就坐你旁邊的位置！」劉老師看著他，拍拍他的肩膀。

「喔！」他的心還怦怦的跳得好快，整個腦袋亂糟糟的。毫無意識的往前走，小丞就跟在他的身邊。他用眼角的餘光瞟了瞟小丞，看著小丞怡然自得，又不時好奇得東張西望的臉，他眞的不懂。

難道小丞不怕大家知道他的媽媽是跛腳嗎？

「你……你爲什麼要……要轉學？」才踏上樓梯，他找了個話題開口。

「因爲，我爸爸說這裡的空氣比較好，車子也比較少，媽媽若要出門辦事會比較方便啊！」小丞笑著回答他。

小丞的笑容和他媽媽很像。

「你媽媽的腳……」他結結巴巴的說，「我是說，她……她的腳……」

「喔！我媽媽的腳是小兒麻痺症造成的啦！」小丞笑咪咪的拍拍他的肩膀，彷彿是在說一件再自然也不過的事情似的，「媽媽說，他們以前的醫療環境不好，小朋友都沒有打小兒麻痺症的疫苗，所以很多人都得了小兒麻痺症。」

「小兒麻痺症啊？……」他想起了在家裡的媽媽，他的媽媽右

腳比左腳瘦小些，雖然走起路來一跛一跛的，但不用撐拐杖。

可是，媽媽從來沒有來過學校。

回過頭，他看著小丞一副不知苦難將至的笑臉，不禁又想起了許多年前哥哥怒氣衝天的神情。

無由的，一股豪情自心裡升起。

「我要保護小丞！決不能讓小丞變得像哥哥一樣！」他握緊拳頭，在心底默默的宣誓著。

如果——

如果有人嘲笑小丞媽媽，他一定要教那人腫著嘴巴三天開不了口！就算是恰北北的呂莉玟，只要她敢笑一下，也一樣！

對！就是這樣！

不僅僅是因爲小丞媽媽和老師要他好好的照顧小丞，更因爲小

丞和他是「一國」的！

「我們是『一國』的！」帶著小丞走進教室時，他這樣想著。

4 哥哥騙人？

德偉帶著小丞進教室，才一踏進門口，就引來了一陣不小的騷動。想當然，其中最大的聲音就是來自大塊頭阿貴。

「耶！是男生耶！歡迎歡迎！」

才一會兒，呂莉玫細細的聲音也從教室前頭飄來：「唉呀！真是的，怎麼不是來個女生呢？」

德偉惡狠狠的瞪了呂莉玫一眼，回頭便附在小丞的耳邊「警告」小丞：「那個長辮子的女生就是班上最討人厭的『恰查某』，你千

萬得小心，別惹上她。」

「可是看起來不像啊？」小丞回頭望了呂莉玫一眼。

「人不可貌相，聽過吧！」德偉搭著小丞的肩，鄭重的對著小丞說，「巫婆是絕對不會在臉上寫著『我是巫婆』這幾個字的！懂吧？她總是會挑你最不設防的時候把毒蘋果塞進你的嘴巴裡！記住，千萬要小心！」

看著小丞一臉狐疑的樣子，他真替小丞的未來擔心。

「喂！張德偉！你在新同學的耳邊嘀嘀咕咕的說些什麼？還不快帶人家到位置上坐！」呂莉玫不知何時閃到他倆的身邊，兇巴巴的對著他吼，把德偉給嚇了一大跳！

「哈囉！我是呂莉玫，歡迎你來到我們班！」一個回頭，呂莉玫笑咪咪的向著小丞打招呼，變臉的速度之快，讓一旁的德偉看得

瞠目結舌。

這女生肯定是巫婆轉世！他越來越確定。

「你好！我是謝宇丞，很高興認識你！」小丞也開心的回道。

「高興個頭，以後你就知道！」德偉在嘴裡嘟噥著，突然發現一向耳尖的呂莉玫又向他射來殺人的眼光，忙拉著小丞遠離呂莉玫的勢力範圍。

「保持距離，以策安全。」他告訴小丞。

帶著小丞走向位置，待宏達笑嘻嘻的向小丞打完招呼，老師就進來了，大夥連忙閉上嘴，轉身坐好，頗有老鼠見到貓的陣勢。

劉老師簡單的爲大家介紹了小丞，這時德偉才知道原來小丞是從台北轉來的呢！

「謝宇丞同學才剛來到台南，希望大家要多照顧他，知道嗎？」

劉老師在台上叮嚀著，「噢！對了，德偉啊，這幾天你就帶著宇丞到校園裡四處逛逛，熟悉一下環境吧！」

「好！」德偉趕緊點點頭，這種到處晃晃的差事他最喜歡了，不但自由自在，也省得和老是蟠踞在教室裡的呂莉玟正面衝突，弄得他五臟六腑全都是大大小小的內傷。

「好啦！課本拿出來吧！準備上課了。」老師敲了敲桌子，拉回了大家的注意力，「德偉，宇丞的課本和我們的版本不一樣，你就先跟宇丞一塊兒看吧！」

聽老師這麼一說，他趕緊搬動桌子和宇丞的併在一起，掏出課本擺在兩人中間。

台上，老師賣力的上著數學，德偉睜大著兩隻眼睛，漫無焦距的望向前方。

有一點煩惱。

「該怎麼辦呢？」手指輕敲著桌面，他心不在焉的想著，「該怎麼做才不會讓同學發現小丞的媽媽是跛腳呢？」

苦思良久，就是想不到辦法。

「唉……」他嘆了口氣。

「德偉，老師在叫你啦！」身旁的小丞碰碰他的手肘，輕聲的提醒他。

「咦？……」他猛得回神，黑板上不知何時多了一大堆他看不懂的符號，呂莉玫正回過頭嘲弄似的向他眨眼睛。

「張德偉，你又到哪神遊去啦！」劉老師的鐵砂掌拍得黑板碰碰響，看來火氣不小，「上來！把黑板上的題目寫一寫！」

完蛋了……

好不容易挨到下課，德偉以最快的速度收拾好桌面，便拉著小丞往外衝，剛才劉老師在他耳邊大吼了幾聲，弄得他的耳朵到現在還嗡嗡響，他得快點出去透透氣。

跑到操場中央，他「碰！」得一聲，投身到軟綿綿的草地上，呈大字型的躺著直喘氣。

小丞在他身邊坐了下來。

「劉老師很可怕吧？」他側過身，手支著頭，問小丞。

「還好啦！」小丞笑了起來：「嗯，我發現，你是個很有趣的班長，和我在台北時的那個班長不太一樣喔！」

「有趣？你以為班長都是什麼樣子？」德偉翻身坐起，無奈的抓了抓頭髮，一大堆草屑隨之揚起，「你忘啦！老師只對你說我熱

心服務，可沒對你說我品學兼優。唉，數學跟我一向是死對頭，考完試後你看到我的成績就會知道。」

小丞的笑容更大了，看得德偉有些不好意思。

「走啦走啦！」他拉起小丞，準備善盡導遊的職責，「我再不帶你去繞一繞，呂莉玟那個大嘴巴又要去密告我辦事不力了！」

「不會吧！她看起來人蠻好的啊！」小丞又笑了笑，「反正她又看不到，哪會知道我們在做什麼。」

聽小丞這麼一說，德偉突然煞住腳步，愣了一下，腦袋中靈光一閃。

「怎麼了？」小丞奇怪的問他。

「沒事沒事！走走走，我帶你去看看廚房的位置，告訴你喔！我們學校的營養午餐超級好吃喲！」

拖著小丞往前跑，德偉開心的笑了起來！

對啊！他在心裡想著，只要沒看到，就不會知道啦！我怎麼沒想到！

拍拍自己的腦袋，煩惱迎刃而解，德偉覺得腳步都輕快起來啦！

就這樣，連續兩個多星期，一到放學時間他就拖著小丞東摸西摸的慢些出門，美其名是爲了熟悉學校的環境，實際上是要錯開放學時嘈嘈嚷嚷的路隊，等全班都走光了，他才陪著小丞走到榕樹下，和笑咪咪的小丞媽媽打過招呼以後，他再一溜煙的衝去小巷子裡找媽媽。

「也許，大家一輩子都不會發現小丞的媽媽是跛腳呢！」頂著

悶不透氣的大安全帽坐在媽媽的機車上，他得意的在心裡想，「就像大家都不知道我的媽媽是跛腳一樣吧。」

得意歸得意，可是，有件事一直盤踞在他的心底，怎麼都弄不明白。

他忘不了第一次見到小丞和小丞媽媽的那一天，小丞怡然自若的神情。

爲什麼小丞可以這麼輕鬆自然的告訴他，他的媽媽得了小兒麻痺呢？

小丞眞的不怕他笑他媽嗎？

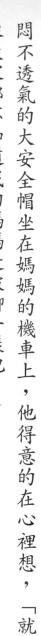

有時，看到媽媽黯淡的眼睛，他都不禁會想起小丞媽媽的笑臉。

撐著拐杖、不良於行，應該是一件很難過的事啊！爲什麼小丞

媽媽每天都可以笑得那麼開心？爲什麼小丞媽媽還是願意到榕樹下的人群裡等小丞放學呢？

他眞的不懂。

想破了頭，他還是不懂。

一個好好的週末，就在他的胡思亂想中過了。

星期一大清早，照慣例，他還是跑得汗漓漓的出現在教室門口，還沒來得及喘口氣，就看見小丞的座位旁圍了一大群人，呂莉玫那膩死人不償命的聲音就從人群裡飄了出來：

「你媽媽撐拐杖啊？」

糟糕！德偉一聽，臉色唰的由紅轉白，完了完了！準是今天早上阿姨載小丞來上學時讓他們給看見了，他們肯定是要來嘲笑她

的！

顧不得滿身的汗水，他握緊拳頭，朝人群走去。

「要是誰敢嘲笑阿姨，我就讓他好看！」他在心裡對自己說。

「對啊！」突然，他聽見小丞回答了呂莉玫，聲音就像在談一件稀鬆平常的事一樣自在，他吃驚的停下腳步，不一會兒，小丞的聲音又揚起：

「我媽媽說，她從很小的時候就一直撐著拐杖啦！因爲她得了小兒麻痺症，雙腳的肌肉完全使不上力氣，沒有辦法靠自己走路啊！」

笨小丞！笨小丞！講那麼多幹嘛？他們不會懂啦！他們只會笑、笑、笑……德偉在心裡低吼著，他早已做好了心理準備，打算一看到誰先笑，就讓誰先倒！

可是，教室裡靜悄悄的……

奇怪？怎麼沒有笑聲？

德偉站在人群外，懷疑著。

他轉頭望向呂莉玫，企圖在她的臉上找出一些些嘲弄的蛛絲馬跡，卻驚訝的發現呂莉玫的眼光正緊緊的鎖在小丞的臉上，一臉的肅穆。

「什麼是小兒麻痺症啊？」終於，阿貴那個大嗓門打破了教室裡的寧靜。

「就是一種會讓手腳的肌肉萎縮，沒有力氣的病啦！」他聽到呂莉玫沒好氣的對著阿貴嚷：「教你唸書不唸書，你看吧！」

「那你媽媽走路會不會很辛苦？」換了個溫和的語氣，呂莉玫又接著問。

「嗯！應該吧！尤其是爬樓梯的時候，因爲重心不穩，很容易跌倒。所以我們家房子都買在一樓，爸爸說，這樣媽媽進進出出會比較方便。」

「噢，這樣啊……」呂莉玟輕輕的點點頭，大大的眼睛咕碌咕碌的轉了幾圈，似乎在思考些什麼。

德偉仍然陷在吃驚的情緒中，不知所措。

他從一大群黑壓壓的人頭縫隙中看到小丞，小丞的臉上還是帶著他那招牌微笑，像個沒事的人一樣。

打鐘了，大家絲毫沒有回座的意思，還是七嘴八舌得圍著小丞聊阿姨的腳和拐杖，聽得出來大家都關心著阿姨的生活，宏達還怕阿姨騎車不方便，建議小丞坐他家的紅色小汽車來上課呢！

大家都在說話，教室裡熱鬧極了，可是沒有一個人笑阿姨。

怎麼會這樣？

怎麼會和哥哥說的不一樣？

難道是——哥哥騙人？

他鬆開拳頭，傻傻的站在人群後頭。

他想起了媽媽在小巷子裡孤單的身影，也想起了媽媽坐在暗暗的房間裡的背影，和一雙紅紅腫腫的眼睛。

也許，哥哥說的不是眞的……

也許……

「什麼事這麼熱鬧？」

德偉還來不及細想，劉老師的聲音就在大夥兒的背後響起，「可以說給老師聽嗎？」

「沒……沒事啦！」呂莉玫對著老師猛搖頭，長辮子在她的背後跳起了波浪舞。大家趁機各就各位，人群一散開，德偉也趕緊拎著書包到位置上坐好。小丞笑咪咪的對他眨眨眼，他只得回給小丞一個虛弱的笑容。

「怎麼和哥哥講的不一樣？……」

從書包裡掏出水壺爲自己倒杯冷水，現在他的腦袋亂七八糟的，完全理不出個頭緒，他得冷靜一下，好好的想一想這件事。

「咳！咳！」老師的聲音傳來。嗯，任何待過劉老師班級的學生都知道，這可不是感冒的咳嗽聲，這麼短短兩個聲音包含的意思可大囉！它意味著：「哪個再不注意我在說什麼，你就完蛋了！」

德偉一口灌完杯中的開水，趕緊坐好。

台上，老師正好整以暇的靠在黑板上，眼光在他們之間逡巡。

「說說看吧！你們一大早圍成一團在討論些什麼？」劉老師笑了笑，看來心情不錯，「該不會是討論如何謀殺恩師吧？」

班上一陣哄堂大笑。

開玩笑，劉老師難得講個笑話，誰敢不捧場？德偉當然也跟著在後頭「嘿嘿嘿！」的笑個不停。

「好吧！誰來說？」劉老師雙手環胸，等著。

笑聲戛然停止，不知情的同學一臉迷惘，知情的同學則是面面相覷，班上又是一片寧靜。

他看到呂莉玫不安的扭動著身子，長長的辮子忽左忽右的輕擺著。

「老師，什麼是小兒麻痺症啊？」果然，還是那個永遠耐不住寂寞的阿貴率先發言。

他看見呂莉玫回頭望了阿貴一眼，搖搖頭，眼中盡是「孺子不可教也」的神色，敢情阿貴把她剛才的解釋當耳邊風啦？

「怎麼會突然想問這個問題？」老師看來有些意外。

「沒有啦！只是因爲小丞告訴大家她媽媽需要撐拐杖是因爲小時候得了『小兒麻痺症』啊，大家都很好奇，所以才圍著小丞討論嘛！」

班上的「大姊大」呂莉玫終於大開金口了，只見四周同學都點頭如搗蒜似的，連一向和他站在同一陣線，視呂莉玫爲寇讎的宏達也難得的附和著她。

德偉在一旁靜靜的看著這一切。

唉！情況的發展大大的超過他的預料，失算！眞是失算！

「咦？你們都見過宇丞的媽媽了？」老師把課本擱在一旁，拉

了把椅子坐下，頗有要好好談一談這個問題的意味。

「對啊！我們今天早上在校門口看到小丞媽媽載小丞來上學呀！」阿貴的大嗓門又再出江湖，「小丞的媽媽眞漂亮！如果不用撐拐杖，那就更漂亮了！」

死阿貴，你在胡扯些什麼……德偉在心裡喃喃的咒罵著，要不是劉老師在場，他眞想往阿貴的後腦門轟上一掌。

「亂講！小丞媽媽撐不撐拐杖跟漂不漂亮有什麼關係？」呂莉玟「嘩！」的站起來，兇巴巴的瞪著阿貴：「你們這些臭男生，就只會看外表，你們懂些什麼？老師不是常常說：『內在美』比『外在美』重要嗎？懂不懂啊？你們眞是……」

哇！說得眞好！

德偉暫且擱下和呂莉玟之間的嫌隙，暗自在心中爲她鼓掌。今

後可能得對呂莉玫另眼相看囉！他想。

「我也這樣覺得！」宏達聞言趕緊點頭，明白表示自己絕對不是「臭男生」一類。

「嗯，我媽也常這樣告訴我，教我不要太在意別人對外表的眼光。」平常不怎麼發表意見的志祥也贊同。

德偉偏過頭看看小丞，小丞對他笑笑，也很認同的點點頭。

聽大夥兒這這麼一說，呂莉玫這才收回殺人的眼光，暫且放過阿貴，轉身坐下。

警報解除！

他聽見前頭的「臭男生」阿貴長長的吁了一口氣。

「好啦！好啦！」老師擺擺手，示意大家安靜：「莉玫，我想，文貴這麼說也沒有惡意，就別和他計較了。」

「那麼，」總是和呂莉玟同進同出的侑芳高高的舉起手，「老師，到底什麼是『小兒麻痺症』啊？」

「這個嘛……」老師雙手環胸，擺出了平時思考事情時的標準姿勢：「稍等一會兒，先讓我想想該怎麼說才好……」

看著台上輕蹙著眉頭的老師，德偉發現自己好期待老師待會兒會怎麼說。

「媽媽的腳，是不是也是因爲小兒麻痺症引起的呢？」想起了媽媽一高一低的雙腳，他的心裡產生了一個大問號。

「就我所知，」劉老師在一陣思索後終於開口：「『小兒麻痺症』是一種由病毒引起的傳染病，若遭到感染，嚴重的會引起四肢終身的殘廢，甚至是死亡……」

「傳染病啊！」大嗓門阿貴驚慌的嚷嚷了起來，「那我今天早

上才和小丞媽媽說過話，她還摸摸我的頭吶！我會不會被傳染啊？」

阿貴才說完，敏感的德偉就發現小丞一下子脹紅了臉，不安的攪動著手指頭。

「臭阿貴！你閉嘴啦！」德偉終於忍不住對著阿貴大吼。

「做什麼啦！」阿貴不甘示弱的回他：「人家擔心也不行啊？」

「好啦！別鬧啦！」劉老師敲了敲桌面，示意他倆安靜：「德偉，不知者無罪，阿貴的擔心是正常的反應。小丞，老師希望你也別把阿貴的話放在心上，他沒有惡意的，好嗎？」

「嗯！」小丞點點頭，臉上的紅暈總算淡了些。

哼！德偉在嘴裡咕噥著，他還是覺得阿貴的腦袋需要找人敲一敲。

看著小丞的不安漸漸褪去，老師才又繼續談下去：

「早期『小兒麻痺症』在台灣造成了許多兒童死亡或癱瘓，但後來……」老師稍稍思索了一下，接著說：「大約是民國五十幾年吧！政府規定所有的小孩都要服用『沙賓口服疫苗』，從那時候開始，小兒麻痺的疫情就遭到控制了。」

「我們都有服用那個『什麼賓』的疫苗嗎？」德偉忍不住問道。

「是啊！每個孩子都有。」老師點點頭，「喏！若我沒記錯，你們在一年級時應該也在學校服用過吧！」

「口服疫苗啊？……那種藥是不是要滴在我們的嘴巴裡？」呂莉玫問，「我好像有點印象……」

「啊！我記得我記得！」靜誼慧黠的大眼睛閃動著光芒，興奮

的告訴大家：「我還記得護士阿姨還教我們三十分鐘內不可以吃東西呢！對不對？」

哇！靜誼不愧是優等生，這麼久的事也想得起來！德偉嘖嘖的讚嘆著。的確！聽她們這麼一說，他好像也有那麼一點印象了。

「沒錯！」老師笑了：「所以囉！文貴啊，你可以放下一千兩百個心，就算小丞媽媽親親你，你也不會被傳染的！」

「噁！開什麼玩笑，誰敢親阿貴啊？」德偉對著阿貴嘮嘮嘴：「他的皮搞不好比蟾蜍還毒呢！」

一旁的小丞笑了出來，四周的同學聞言也大笑了起來，只有阿貴氣呼呼的搥著德偉的鉛筆盒出氣。

「好啦！就討論到這裡！我們該上課囉！」老師又敲敲桌面，打斷了教室裡難得的輕鬆，「快把課本拿出來，翻開第十課！」

教室裡立刻響起翻課本的沙沙聲。

「媽媽的腳，會不會就是小兒麻痺所造成的呢？」德偉低著頭，悶悶的想，「也許，該找個機會問媽媽……」

可是……怎麼開口？

媽媽的腳，在家裡就像是個隱形人似的，從來沒人開口討論過。哥哥不問、爸爸不說、媽媽更不曾提起。

「唉！怎麼問……」德偉拿著鉛筆，無意識的在課本上畫著圈圈。

「張德偉！」

老師的怒吼聲震得他身體一歪，差點從椅子上摔下來，手上的鉛筆咕嚕嚕的滾落地板。

完了完了，又來了……

5 美麗的夕陽

一眨眼，小丞已經和他們相處了一個多月了。德偉好訝異，在這麼短短的時間裡，小丞竟然就和班上同學打成了一片，還成了以往打死不相往來的男生國和女生國間的「和平大使」呢！

瞧！這會兒爲了這個月的慶生會節目安排，被男生國極力推薦前往和女生國大頭目呂莉玫談判的，不就是小丞嗎？

「厲害！眞是厲害！」

看著小丞正和呂莉玫嘰哩呱啦的討論著慶生會的準備事宜，不

但完全聞不到火藥味，還不時聽到呂莉玫的笑聲從前方傳來，德偉不禁讚嘆著。

唉！說來慚愧，以往他當代表時，哪一次不是遍體鱗傷的回來？

「嗯，咱們班上敢這麼和『雨傘節』講話的男生，大概就小丞一個人啦！」宏達倚著他的桌子，不可置信的點著頭。

「沒錯！沒錯！」對於小丞這等功夫，德偉除了佩服，還是佩服。

「唉喲！眞搞不懂你們在怕什麼？」坐在前面的阿貴轉身面對著德偉，露出一副不以爲然的表情：「不過是個瘦巴巴的女生嘛！」說著說著，還伸出他那不算瘦的小指頭在他倆的面前扭了幾下呢！

「是哦！這麼說，你最勇敢囉！」宏達彎身拍拍阿貴的肩頭：「我看這樣好了，我們這就去把小丞叫回來，換你去和那位『瘦巴巴的女生』談判，你說怎麼樣？」

「下……下次再說啦！」阿貴聞言立刻跳了起來，「我……我尿急……要去上廁所……」

才說完，阿貴竟頭也不回的跑了，一下子不見蹤影。留下德偉和宏達在教室裡頭笑得不可開交。

「哈哈哈！這個阿貴……膽子比老鼠小還想充英雄！」宏達指著空盪盪的門口猛笑，幾乎直不起腰來。

「噓！別笑了！小丞回來啦！」德偉拉拉宏達的衣襬，示意他看看走道前頭。

只見小丞手上拎了張寫滿字的紙條，一跳一跳的蹦到他們的面

前，滿臉的笑容，看來任務是圓滿達成了！

「欸！怎麼樣？」宏達拉過自己的椅子，挨著德偉坐下，焦急的問。

「咦！阿貴咧？」小丞東張西望了一會兒，「剛才他不是還在這兒？」

「唉呀！別管他了！他早就被『雨傘節』給嚇跑啦！」德偉說著，一邊拉著小丞在阿貴的椅子上坐下，一邊等不及的伸長了脖子盯著小丞手上的「賣身契」瞧個仔細：

「快說快說，我們男生要負責哪些工作？是不是又要我們當苦工？」

唉！提到這個，他和宏達就一肚子苦水。以往的慶生會，哪次不是他們男生國的「受難日」？

在他們班上，多才多藝的女生們一碰到慶生會，只需要派個人彈彈琴、吹吹笛子、唱唱歌；而男生們吶，卻得包辦採買零食、佈置會場、收拾善後……苦不堪言吶！

不公平？

是啊！男生們還曾經群起抗議過呢！可是咱們呂大小姐只輕輕說了句：「不然，換你們上台表演啊？」可想而知，一票男生當場啞口無言，只得安安分分的做完所有粗重的工作。

仔細想想，當苦工也就算了，但有時還要忍受女生們（尤其是呂大小姐）的嘮嘮叨叨，這才是最可怕的「工作」咧！一會兒嫌買來的飲料太甜；一會兒說蛋糕買得太小，一會兒又是垃圾沒收拾好……大夥兒總是敢怒不敢言，還得在老師面前裝出一副任勞任怨，甘之如飴的表情，眞是……

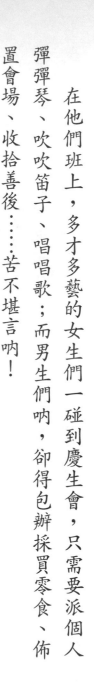

唉！什麼重男輕女？這句話在他們班根本行不通嘛！德偉輕輕的嘆了口氣。

「嗯——我和副班長討論的結果是——男生負責買零食，女生負責佈置會場……我也不知道這樣算不算做苦工吶？」小丞低頭看著他手上的筆記，一手抓抓頭，有一點不好意思的笑笑。

「哇！不用佈置場地！也不用收拾善後啦！」宏達興奮的跳了起來：「小丞！你眞是談判高手！」

「等等！」小丞急忙擺擺手，「我們還是要收拾善後啊！慶生會結束後，女生負責拖地，我們負責抬桌椅……這樣，可以嗎？」

小丞有點擔心的看著他們。

「可以可以！當然可以！」德偉也開心的大叫著：「想不到，我們班也有男女平權的一天！小丞，你好厲害，竟然可以擺平那隻

難纏的『雨傘節』……」

「張德偉，你倒是說說看，誰是雨傘節啊？」

一個細細的、不懷好意的聲音自他背後響起，德偉全身的雞皮疙瘩一下子全都豎了起來，眼角的餘光瞥見有條辮子在他的斜後方晃盪……

糟了！

顧不得形象，德偉慌慌張張的逃到門口：「阿……阿貴出……出去這麼久，我去……去找……他！」

快溜！

一拐出門口，他就聽到後頭傳來宏達和小丞的笑聲，唉！德偉嘆了口氣，他終於可以體會阿貴剛才的感受囉……

慶生會的時間就訂在星期四下午最後兩節課。

兩幫人馬在雙方談判代表的討論下，決定星期三中午放學後，由男生先派人去採買慶生會當天的零食飲料和會場佈置用品。當然，班上「熱心服務獎」的最佳得主——德偉立刻義不容辭的接下採買零食的大任，小丞也很夠義氣的表示願意和他一道去「載貨」。

「正好可以去逛逛這附近的名勝古蹟呢！」小丞看起來興奮極了：「來台南這麼久了，都沒有機會到附近去繞繞，連最近的安平古堡我都沒去過吶！」

「什麼？你沒去過古堡？」德偉有點驚訝，古堡可是他們這附近的孩子們首推的遊戲據點呢！小時候幾乎天天都呼朋引伴的向古堡報到，閉著眼睛都能畫出古堡的平面圖了。

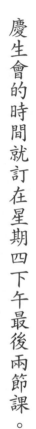

「這樣好了！」德偉兩手一拍：「星期三下午我們倆就來個『古蹟、美食半日遊』，我來充當導遊，如何？嘿嘿！這附近我可熟了！」

「哇！太棒了！」小丞開心的大叫：「那先謝謝你囉！」

「別客氣！一切包在我身上啦！」德偉挺挺胸膛，驕傲的說：「沒問題的啦！」

「唉喲！我有沒有聽錯？你確定你沒問題嗎？」神出鬼沒的呂莉玟不知何時又冒了出來：「我看吶！你還是趕快把鄉土課本再拿出來背一背啦！都不知道是誰老把『東興洋行』和『德記洋行』的位置弄混掉的喔……」

看著呂莉玟嘲笑的眼神，德偉眞氣得牙癢癢的。討厭的雨傘節，就專找我麻煩！

「要——你——管！」他大吼。

「喲！誰想管你啊！浪費我的口水！要不是我有事要和小丞說，我還懶得靠近你呢！」

呂莉玫輕輕的把辮子一甩，轉身向著小丞，笑咪咪的說：「忘了提醒你，我們班這個月有四個壽星，別忘了去蛋糕店買四個小蛋糕喔！這是我們班的慣例。」

「沒問題！」小丞笑著向呂莉玫說，完全沒被一旁正氣得火冒三丈的德偉所影響。

瞅了德偉一眼，呂莉玫就帶著「勝利者的微笑」，走了。

「真搞不懂你怎麼能和這種女生和平相處？」德偉依然氣沖沖的瞪著呂莉玫的背影：「可惡！我和這隻『雨傘節』絕對、絕對、絕對是八字相剋！」

星期三終於到啦！

一放學，德偉一反常態，直在長長的路隊中鑽來扭去的，企圖以最快速度抵達校門口。

「下午要和小丞出去玩呢！」一想到這裡他就好開心，更努力的向前鑽了。他還記得，小時候都是哥哥載著他去逛大街的！長大後，哥哥不是忙著補習，就是和同班的朋友出門去，所以德偉已經好一陣子沒到古堡附近繞繞啦。

「做什麼插隊啦！張德偉！」

討厭的呂莉玫又嚷嚷了起來，眞是煩死人了！但德偉這回可打定了主意——哼！不理她！繼續向前衝。

「張——德——偉！」劉老師亮如洪鐘的嗓音突然自路隊後頭響

起，他趕緊停下腳步。

眞倒楣！又被老師的雷達眼掃到了……

「過——來！」劉老師又是一陣大吼，他只得乖乖的轉身往回走。

唉！欲速則不達啊……德偉在心裡直嘆氣。

德偉懊惱的站在劉老師面前，一面心不在焉的垂頭聆聽著老師劈哩啪啦的訓示，一面偷偷的瞄著手錶。喏，操場上的人都快走光啦，劉老師還要講多久啊？

「……以後不可以再插隊了，知不知道？」劉老師的訓辭終於告一段落，德偉趕忙配合得點點頭，老師這才冷著臉放人。

穿過人群早已散盡的榕樹下，德偉汗漓漓的跑到媽媽的身邊。老是讓媽媽等這麼久，他的心裡眞過意不去。

「又當值日生啦？」媽媽體貼的問。

「欸……」德偉答得心虛，趕緊轉移話題：「下午我要和小丞去買慶生會的零食，可以嗎？」

「當然可以——只要你先把功課做好。」媽媽發動了機車，四輪大機車轟隆隆的向前奔馳。

「小丞？是新來的那位同學嗎？」媽媽最愛在回家的路上和他聊聊班上的同學和新鮮事。

「對啊！」德偉頂著沉甸甸的安全帽，猛點頭：「他很厲害喔！他敢和呂莉玫『談判』呢！」

「什麼『談判』？又不是要打架！不要亂用這些奇怪的字眼！」媽媽笑了笑，才又接著說：「慶生會快到啦？這一次有幾個壽星？」

「四個呢！您又要幫他們準備禮物啦？」

「當然囉！你過生日時不也常收到同學送你的禮物？回送禮物是應該的啊！我們中國人常說：『禮尚往來』，你可要好好的記得！」

「記得啦！」德偉緊緊的抱著媽媽，把戴著安全帽的大頭擱在媽媽的肩膀上大聲的說：「班上同學都好喜歡媽媽親手做的禮物喔！」

嘿嘿！每次他一這麼說，哥哥老是說他諂媚，可是德偉才不在乎呢！因爲這是事實啊！他相信哥哥心裡一定也很認同他的說法，只是不好意思講出來而已啦！

下午兩點，德偉好不容易才趕完了所有的作業。抓起裝著班費的小包包，心急的直往外衝。

「媽！我出門了，會晚點回來！」

「騎車要小心吶！別橫衝直撞的！」媽媽從裁縫車前抬起頭，不放心的叮嚀著。

「好啦！」

跨上他心愛的小鐵馬，急急的奔向校門口。遠遠的，他就看見小丞早已倚在牆邊等他了。

「對不起！對不起！我又遲到了！」德偉煞住腳踏車，趕緊向小丞道歉：「你等很久了喔？」

「還好啦！我也才剛到呢！」小丞不在意的笑著，也跨上了他的腳踏車：「第一站去哪裡？」

「嗯──我看，就先去古堡逛逛吧！你說怎麼樣？」

「當然好啊！請帶路！」

「那麼，『古蹟半日遊』，出發囉！」德偉踩動踏板，奮力向前衝。

一個下午，他帶著小丞逛遍了安平的古堡、洋行。嘿！這回呀，呂莉玫眞是料錯了，他這個堂堂的「在地人」可沒迷路，大大小小的古蹟全都記得清清楚楚，行程流暢極了（當然！能這麼順利，鄉土課本的確有很大的貢獻）！不但看過古堡的大砲、爬上了高聳的瞭望台，還在洋行美麗的磚造拱門前拍了半天的照呢。當然，德偉也沒忘了要好好的介紹安平的美食啦！在吃過了又香又脆的蝦捲、喝過熱呼呼的魚丸湯後，兩人還興匆匆的將腳踏車擱在路旁，徒步在狹小的舊巷道中鑽繞了半天，不但盡情的體會了舊市街的風情，更充分的享受了「走迷宮」的樂趣。

「這比遊樂區『迷宮』還好玩呢！」小丞玩得不亦樂乎，德偉

自個兒也樂極了，他也好久沒來這附近逛逛啦！

好不容易從「迷宮」出來後，德偉帶著小丞來到遠近馳名的商業老街，總算該辦正事了！

「哇！人怎麼這麼多？」小小的街上黑壓壓的一片人頭，德偉著實嚇了一大跳，小丞倒是蠻鎮定的。

「果然是台北來的！」德偉心想。

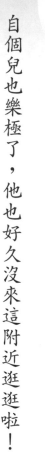

在人潮中磨磨蹭蹭了好一會兒，好不容易，兩人才抱著兩大袋的「戰利品」殺出了重圍，德偉將零食一古腦兒的塞進腳踏車小小的籃子裡，累得直喘氣：

「我的天！全台南人都擠到這裡來啦？好可怕……」

「還好啦！以前在台北，媽媽帶我去逛百貨公司時，也常這樣人擠人的呢！」小丞低著頭，一面說著，一面使勁將手提袋的袋口

綁緊。

咦？德偉抬頭看了看小丞，在心底打了個問號——小丞媽媽撐著拐杖帶他去逛百貨公司？她不怕那麼多人盯著她的腳看嗎？不怕別人的指指點點嗎？

好一陣子不曾出現的情緒，猛得湧上了心頭。

心，好像突然被戳了個大洞的氣球，快樂的心情一下子洩得無影無蹤。

「媽媽……從來沒帶我去過百貨公司呢！」德偉悶悶的想：「媽媽總是討厭人多的地方……」

望了小丞一眼，是羨慕？是嫉妒？德偉也說不上來。

什麼時候才能和媽媽一塊兒去逛百貨公司呢？……他默默的期待著。

「好了！這樣就不怕東西掉出來啦！現在……要回家了嗎？」小丞得意的拍拍被他五花大綁的塑膠袋，笑嘻嘻的問他。

「咦？五點多啦？」回過神的德偉看了看頭頂上亮晃晃的天空，晴空萬里，今天的夕陽一定特別漂亮！

「一起去個特別的地方看夕陽，怎麼樣？」德偉提議，現在他還不想回家。

「當然好囉！」跨上腳踏車，小丞看來興致高昂。

一路上，德偉騎得飛快，風呼嘯的拂過他的耳畔，德偉甩了甩頭，企圖將心中的不快丟到後頭去。

卻是徒勞無功。

「爲什麼？」呼呼的風中，德偉無聲的吶喊著：「爲什麼媽媽

不能像小丞媽媽一樣？」

爲什麼……德偉奮力的踩著腳踏車，他眞的不懂！兩個一樣的媽媽，爲什麼會差這麼多？

怎麼會差這麼多!?

澄藍的天開始轉紅，他的疑惑卻仍盤踞在心底。拐了個彎，一座雄偉的紅色大橋躍入了他的眼簾。「吱！」的一聲，德偉猛拉住煞車。

糟糕！差點忘了小丞了！

車頭一扭，德偉趕緊回到轉角處，仰頭張望了半晌，這才發現小丞還遠遠的落在長路的那頭呢！

「德偉！慢一點，等等我啊！」

小丞的聲音從遠遠的地方飄來，聽得德偉好心虛。眞是的！怎

麼會騎著騎著就把小丞給忘了呢？

好一會兒，小丞才喘吁吁的趕上他。

「呼！好累喔！」煞住車，小丞張大口直喘氣，「你怎麼這麼厲害！騎這麼快，還臉不紅氣不喘的！」

聽到小丞的讚美，德偉窘得直搔頭，眞不知道該怎麼接口。

「欸……還好啦！風很涼，不知不覺就騎快了……啊！快來快來！今天的最後一站就到啦！」

德偉掉過頭，領著小丞騎上大橋邊緣的斜坡。

一上到平坦的橋面，小丞就望著左手邊寬闊的水面驚呼了起來：

「哇！這裡好漂亮喔！德偉，那一面是海，是海啊！對不對？」

「答對了！那一面就是台灣海峽啦！」德偉找了個空位，招呼

小丞靠邊停車：「喏！這一面就是鹽水溪囉！這座橋，就建在鹽水溪的出海口上，一邊是海，一邊是河，感覺很棒吧！」

「哇……」小丞張大了眼，看來對今天的終點站是滿意極了。

領著小丞越過橋面，來到面海的一邊。

「你看！這裡就是咱們台南看夕陽的最佳地點囉！」德偉雙手搭在欄杆上，著迷的望著波濤起伏的海面。

「嗯！」小丞點點頭，也倚向欄杆，靜靜的望向遼闊的大海。

黃昏，大概是一天中最迷人的一刻吧！德偉總是這麼覺得。

中午時潑辣刺眼的陽光，此時早已失了威力，柔柔的灑落在海面上，原本灰濛濛的海，這下彷彿罩上了一層薄薄的面紗，泛起了淺淺的光芒。

最喜歡這時候的太陽了！德偉著迷的望著低掛在天邊的那輪圓

滾滾的火輪子發呆。

橙紅橙紅的太陽啊，染紅了湛藍的天，染黃了藍灰色的海，還在搖曳的海面上拉出一道細長細長的金絲帶，直直的延伸到遠遠的海天之間……

「最喜歡這時候的太陽了！」德偉不禁脫口而出。

「喔？」小丞偏過臉，望著他：「爲什麼？」

「因爲……」德偉思索了一下：「因爲它不但不刺眼，而且看起來那麼圓，那麼……完整無缺，眞的很美。」

「嗯。」小丞不再說話，轉過頭，繼續凝望著變化中的天光。

海浪輕輕的拍打著岸邊的防波堤，濺起了如雪的浪花，嘩啦嘩啦的潮聲，掩去了四周的喧囂，也微微的沖走了心中的煩惱。

隨著太陽逐漸西沉，淺紅色的天也不斷的變換著不同的風采。

才一眨眼，桃紅、亮橙、粉紅、淺褐、濃紫……各色的雲彩悄悄的抹上了天空的頰。

好美啊……德偉目不轉睛的盯著半空中雲彩的變化。

「其實，我更喜歡現在的太陽。」小丞突然開口了。

「哦？」德偉順著小丞的目光，找到了漸漸沒入海平面的半個太陽。

「爲什麼？」

「這個太陽雖然不夠圓，不夠完美無缺，」小丞張大雙手，就像要擁住滿天的彩霞：「可是你看！它還是能把天空變得這麼多彩多姿、這麼美呢……」

德偉回頭望著小丞，小丞的笑容沐浴在夕陽的餘暉裡，看起來那麼心滿意足。

好像有那麼一點什麼，隨著小丞的話，悄悄的溜進了他的心底。

德偉笑了，面對著逐漸隱入海中的夕陽和滿天瑰麗的晚霞，心裡……暖暖的。

「不完美的太陽，卻還是能把天空變得這麼美!!」

踩著夕陽的餘暉回家，一路上，他在心底反覆的咀嚼著小丞的話……

「啊！糟糕了！」

晚上十點，正忙著包裝禮物的德偉猛然跳了起來！

「怎麼啦？」媽媽被他嚇了一大跳！

「完蛋了啦！我們忘了去訂蛋糕啦……」

6 我們是一國的？

一大早，德偉一手提著裝滿零食的大包包，一手抱著媽媽爲他準備的四個生日禮物，大大的書包掛在背上，喘吁吁的直往教室衝去。這大概是他這學期以來最早到校的一天吧！可是德偉這會兒可沒心情爲這項破紀錄的佳績高興。

「小丞！」一踏入教室，德偉就扯開喉嚨大叫起來了。

「怎麼了你？一大早大吼大叫的。」宏達走過來幫他提過手上的零食包：「還好老師還沒來，不然你又慘啦！」

「小丞咧？」看著小丞空盪盪的座位，德偉急得一頭汗：「還沒來啊？完了完了……」

「小丞早就來啦！一上來又拖著阿貴說要下樓拿東西，我也不曉得他們去哪兒了。」宏達疑惑的看著他：「什麼完了？」

「完蛋了啦！我們昨天忘了去買今天慶生會用的蛋糕啦！」德偉哭喪著臉坐在自己的座位上。慶生會切蛋糕是班上兩年來的傳統吶，而他竟然忘了把最重要的蛋糕買回來！看來這回只得拿他的大頭當蛋糕讓壽星切了……

「唉喲！我還以爲發生了什麼事咧！」宏達拍拍他的肩：「忘了買，就趕快打電話去訂啊！請老闆中午送過來，不就得了！」

「對哦！我怎麼沒想到！」德偉一時元氣大振，跳了起來，抓了電話卡就往外衝。

一下樓梯，正巧碰見小丞和阿貴從走廊那頭走過來。

「一大早你要去哪裡？」阿貴問他。

「打電話買蛋糕啊！」

德偉頭也不抬的直往前跑，卻被阿貴一把給抓了回來。

「做什麼啦！」他大叫。

「德偉，你看！」一旁的小丞笑咪咪的舉高手上的東西。

德偉這才發現阿貴和小丞的手上各拎了兩個方方的紙盒。

「這是什麼？」德偉左看右看，怎麼也看不出來裡頭裝了些什麼。

「就是蛋糕啦！」阿貴瞄了他一眼，繼續向前走。

「眞的!?」德偉興奮的大叫，趕緊跟上他們倆：「你們買回來啦！害我一大早急得半死。……咦？不拿回教室嗎？」

「拜託！班長大人！」阿貴一副快昏倒的表情：「慶生會下午才開始，不先拿到福利社冰起來，奶油會融化啦！」

「對哦！」德偉不好意思的搔搔頭，笑了。

「還有，」阿貴接著說：「這些蛋糕可不是買的喔！這是小丞媽媽昨天晚上親手做的呢！」

「眞的？」德偉瞪大眼睛望著小丞：「小丞媽媽親手做的蛋糕啊！好厲害喔！」

「嗯！我也有幫忙喔！蛋糕上的奶油是我抹的喲！」

說完，小丞對德偉眨眨眼睛：「昨晚吃飯時我才猛然想起忘了買蛋糕吶！還好家裡還有做蛋糕的材料，媽媽就決定親自動手做，就當作是送給壽星的禮物囉！」

聽小丞這麼一說，德偉倒有些慚愧了，人家小丞還幫媽媽做蛋

糕呢！而媽媽每次幫他做禮物時，他除了會動嘴巴說聲謝謝媽媽以外，好像什麼忙也沒幫上吶！

「說到禮物，」阿貴頂頂德偉的肩膀，興奮的問：「張媽媽這回爲壽星準備了什麼禮物啊？可不可以先睹爲快？」

啊！差點忘了阿貴就是這個月的壽星啦！

「不行不行！這是最高機密，慶生會時才准看！」

開玩笑！媽媽做的神秘小禮物向來都是慶生會上「拆禮物時間」的焦點，人氣指數不下蛋糕呢！一想到這，德偉就很得意，媽媽的手藝果然是最棒的！

嗯，既然是「神秘小禮物」，怎麼可以隨便向人透露！尤其對象還是大嘴巴阿貴，那更是說不得啦！

德偉堅定的對著阿貴猛搖頭。

「唉喲！別這麼小氣嘛！喏，你看，人家小丞都讓我先挑最大的那個蛋糕了……喂！你別跑啊你！」

被阿貴這麼一說，德偉才想起那四包禮物剛被他一把扔在桌上，趕緊撇下苦苦哀求的阿貴，轉身衝上樓去。

保護禮物要緊吶！根據以往的經驗指出，想偷看「神秘小禮物」的壽星可不只阿貴一個！

吃過午飯後，大夥兒一陣忙亂，趕著在慶生會前將場地給佈置好。

託小丞的福，在呂莉玫的指揮下，男生們只管將桌椅排上指定的位置，就窩在座位上休息了。得了空的德偉站在教室後頭，看著女生們前前後後的忙個不停，一下子死板板的教室就變得五彩繽

紛，直覺得不可思議。仔細想想，那群女生好像也不是只會嘮叨而已啦！她們有時還眞的蠻有兩把刷子的呢！

瞧！才一會兒功夫，黑板上就佈滿了彩色的手繪圖案，兩側的窗戶上拉起了波浪狀的彩帶，零食則盛在一個個白白的塑膠盤裡，平均的擺放在四周的桌上；教室前頭由四張課桌併成的長桌也鋪上了紅白格子的桌巾，還誇張的擺上了兩杯插滿小花的透明大杯子，而裝著「小丞媽媽手製蛋糕」的四個紙盒子就好端端的放在桌面上，看起來還眞像是日本電視劇裡才有的畫面呢！

這等陣仗，德偉看得目瞪口呆，這和以往男生們草率的在黑板上塗上「生日快樂」四個大字就算了事的情景實在是天壤之別，看來以後得對女生們另眼相看了！德偉在心底暗忖。

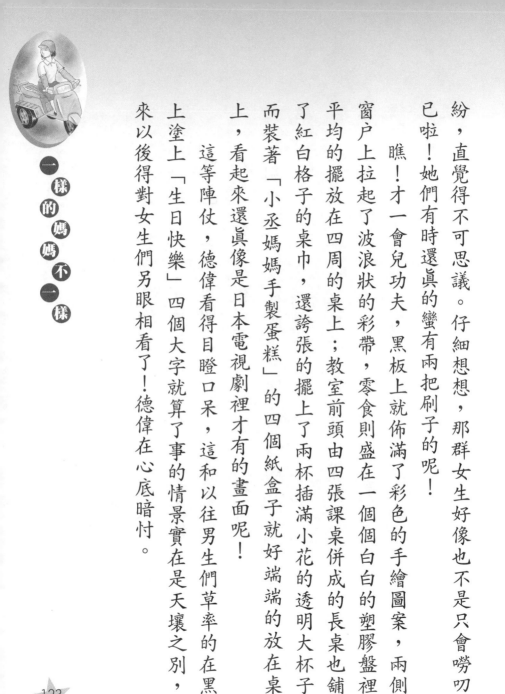

慶生會開始啦！

在班上小鋼琴家慈嵐的「生日快樂」演奏中，壽星們個個謹慎小心的掀開蛋糕盒，小丞媽媽的蛋糕終於和大家見面了！

「哇！」不約而同的，班上響起一陣讚嘆聲。

「小丞，你媽媽做的蛋糕好棒喔！」德偉看見平時鮮少稱讚人的「挑剔鬼」呂莉玫圓睜著雙眼，驚訝的說：「一點也不輸給西餐廳吶！」

德偉是不曉得西餐廳的蛋糕長什麼樣啦！不過，眼前的四個蛋糕，雪白色的鮮奶油上，又淋了一層薄薄亮亮的巧克力外衣，上頭綴著一片片月牙般淺黃的水蜜桃、再加上翠綠的奇異果、還有一顆顆紅豔豔的櫻桃……

「咕！」德偉不禁嚥了嚥口水。

「欸！你們看阿貴的臉！」宏達頂頂他和小丞的肩，一臉忍俊不禁的表情。

一看到阿貴，德偉和小丞差點就笑出來了。阿貴那雙平時就足以媲美水牛的大眼睛，這下眞可跟電影裡的ＥＴ相比了！只見他直勾勾的盯著眼前的蛋糕，口水都快流出來囉！

當然，其他三位壽星也一副受寵若驚的表情，以往限於經費，慶生會的蛋糕總是蛋糕店裡最陽春的那款，也難怪蛋糕盒一打開的那一剎那，眞引起了班上一陣騷動。

「小丞，你媽媽眞不是蓋的！」德偉眞心的讚美著。

「是啊！是啊！」旁邊響起了一陣附和聲。

只見小丞笑得嘴巴都快咧到耳根啦！

「好了！快點上蠟燭吧！該唱生日快樂歌囉！」劉老師拍拍

手，好不容易才把大家的注意力拉了回來。

唱著生日快樂歌，德偉的眼光突然被桌上零食盤裡的麥芽糖餅給吸引住了，咦？印象中，昨天他們並沒有買這個東西啊！

他向著小丞擠眉弄眼，示意小丞看看那幾根麥芽糖餅乾，小丞聳聳肩。

「不曉得是哪位同學帶來的？」德偉低聲的問。

「是阿貴啦！」宏達笑著回答他。

「啥!?小氣鬼阿貴會請大家吃東西？」德偉愣了一下，這樣的作風可跟他以往認識的阿貴不同，敢情這小子過了個生日就換了個性情了？

「噓！等會兒再告訴你。」宏達壓低聲音，附在他耳邊說。

歌聲停止了，掌聲中，德偉狐疑的望著阿貴，只見台上的這位

壽星許過願後，正手忙腳亂的切著蛋糕，仔細看看，他的蛋糕果眞是四個裡面最大的一個。

「昨天我和阿貴不是去文具店買今天要佈置教室用的彩帶嗎？」趁著空檔，宏達說起了他們昨天的經歷：

「阿貴還帶了不少錢，說要順道買什麼電腦遊戲回家玩呢！所以一逛完文具店，我們就準備到附近的電腦商場去繞繞啦……」

「電腦和麥芽糖餅有什麼關係？」隔了兩個位置的晴熙開口問，德偉這才發現附近多了好幾隻仔細聆聽的大耳朵。

「喏，問題就出在電腦商場外面啊！」宏達雙手支著頭，慢條斯理的說，眼光還盯著把蛋糕切得歪七扭八的阿貴直笑。

「我們在商場外頭，看見了一位雙腳殘障的叔叔，騎著改良過的殘障專用的機車，就在騎樓邊賣這麥芽糖餅……」

聽到「殘障機車」，德偉的心猛然揪了一下，和媽媽一樣吶……

「咱們阿貴，也不知道爲什麼，就一直站在人家身旁，對著人群左顧右盼的看了半天，嘴裡不停的碎碎唸：『怎麼沒人買咧？怎麼沒什麼人買咧？』……」

宏達邊說邊學著阿貴的動作，惹得大家都忍不住笑了起來。

「後來呢？」小丞有點急了。

「後來啊，阿貴忍不住了……」

「幫忙叫賣嗎？」裕傑插嘴問，大夥兒又是一陣笑，這件工作的確挺適合阿貴那大嗓門的。

「不是啦！阿貴他就把車上所有的麥芽糖餅給買下來啦！不多不少，剛好四十枝，花了他四百塊錢呢！」

「哇！眞的還假的？」清熙不可置信的張大嘴，大家看來也都

吃了一驚，四百元欸！不是個小數目吶。

「我被他嚇了一跳，那個叔叔也嚇了一大跳，一面裝餅乾，還一面叮嚀他不可以吃太多，會變胖……」

大家又笑了起來，德偉抬頭看著台上還在和蛋糕奮戰中的阿貴，突然好感動，原來平時粗線條的阿貴，也有這麼細心的時候。

「他的電腦遊戲不就……」德偉知道阿貴一直是個電腦遊戲迷。

「買完餅乾，我們就回家啦，根本沒進去電腦商場。」宏達又笑了笑，接著說：「我回家跟我媽媽講這件事，我媽還教我要多跟阿貴學學呢！」

看來，今天起要另眼相看的不只是女生們，對阿貴也是囉！看著笑顏逐開，四處分送蛋糕的阿貴，德偉的心中百味雜陳。

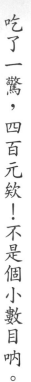

今天要換成我遇見了麥芽糖叔叔，我會怎麼反應？也會和阿貴一樣做嗎？他不禁在腦海中反覆思量。

而那個麥芽糖叔叔……德偉心不在焉的拿起一根餅乾，濃濃的疑惑擾得他心神不寧。

他爲什麼要在騎樓下賣餅乾呢？人來人往的馬路上，一個人坐在那輛特殊的大車子上，不是會招來很多好奇的眼光嗎？

有沒有人笑他？

他……會不會害怕？

思緒愈飄愈遠，德偉愣愣的望著握在手中的麥芽糖餅乾，想著開朗大方的小丞媽媽，也想著躲在巷子裡孤孤單單的媽媽和賣餅乾的麥芽糖叔叔，他們三個都是一樣的呢！

可是，好像又不是那麼一樣……

不知道麥芽糖叔叔是不是也有和小丞媽媽一樣的笑容……

「喂！你在發什麼呆啊！人家都送完禮物啦，就差你一個人囉！」宏達敲了敲桌面，噘著嘴大叫：「哦！難不成是張媽媽的手藝太好了，你捨不得送，想藏私，對不對？」

「才不是咧！」德偉急忙從抽屜裡拿出禮物包，朝壽星們走去。

「欸！猜猜看，張媽媽這次會準備什麼禮物？」

「不知道吶！每次都不一樣啊！可是都好漂亮喔！」

「對啊！你看！上次張媽媽送我的便當袋，很漂亮吧！我姊姊都快羨慕死了！」

「喏！你看，這是我生日時得到的小兔子零錢包，到現在還很

耐用喔！我都捨不得弄髒。」

「不知道這次是什麼咧？」

才沒走幾步路，同學們興致勃勃的討論聲一陣陣的傳進德偉的耳裡，德偉可得意極了！

他最喜歡看壽星們打開包裝紙時，一臉驚喜的表情，更喜歡聽四周傳來的讚美聲。

「眞希望媽媽能親自來班上看看大家的表情！」把禮物交給壽星時，德偉眞心的期待著。

「哇！好漂亮的手提袋！」阿貴第一個叫了起來。

當然囉！深藍色的提袋，鑲著藍白格子的滾邊，袋子的正面媽媽還用碎花布縫上了一隻可愛的小貓咪呢！當然可愛囉！

「眞的耶！好漂亮！」坐在前排的呂莉玫的眼睛都亮了：「張

德偉，你媽媽的手藝眞好！」

聽呂莉玫這麼一說，德偉更開心了，忙不迭的爲大家介紹媽媽的禮物：

「媽媽說，最近政府鼓勵大家少用塑膠提袋，所以她才爲壽星準備了這個小提袋，希望大家會喜歡！」好不容易背完媽媽交代的台詞，眉開眼笑的德偉忍不住再加一句：「很漂亮吧？」

「德偉，你媽媽的手眞巧，比起百貨公司裡的產品，有過之而無不及呢！」劉老師接過阿貴手中的提袋，輕輕的撫摸著，一副愛不釋手的樣子。

哇！德偉幾乎都快飛上天了！回家一定要告訴媽媽，連老師都喜歡媽媽的作品耶！

媽媽的禮物，是最棒的禮物！

媽媽的手，是世界上最巧的手！德偉開心的想著。

回到座位上，德偉仍然笑得闔不攏嘴，直到小丞提醒他該吃蛋糕啦，他才稍稍收回快裂開的笑容。

「哇！好好吃喔！」德偉驚訝的望著手上的蛋糕，眞是棒極了！

「我媽媽烤的餅乾也很好吃喔！下次再帶來讓你們嚐嚐！」小丞興奮的告訴大家，一時又引起班上一陣歡呼聲。

「我要吃巧克力口味的！」阿貴在壽星席上大喊，一嘴的奶油，惹得大家又是一陣笑。

「我看吶！我們班的媽媽們似乎都有一身好工夫喔！」劉老師笑咪咪的說：「不如下回有時間，我們就請宇丞的媽媽來教大家烤

餅乾，也請德偉的媽媽來教大家做些簡單的裁縫好啦！」

聽劉老師這麼一說，德偉心頭一驚，慌亂的垂下頭，避開了老師的眼光，適才還燦爛得足以融化冰塊的笑容此時卻僵僵的掛在臉上。面對老師的提議，德偉的心情好複雜。

說眞的，德偉好希望媽媽可以來學校，好希望媽媽可以親耳聽見同學的讚美聲，好希望同學可以親手見識到媽媽的好手藝。

可是，他又好怕。

怕同學看不起媽媽；更怕他們像哥哥的同學一樣嘲笑媽媽……

德偉的心，一下子跌到了谷底。

伸手拿出茶壺，爲自己倒了杯茶，心中五味雜陳，不知道小丞會是怎樣的心情？

「好啊！」小丞突然開心的大叫。德偉倒開水的手猛得一震，

好險沒翻倒！

小丞說什麼？他竟然毫不猶豫的答應了？我沒聽錯吧？一口開水含在嘴裡，怎麼也吞不下去，德偉有些愣住了。

「我回家問媽媽，媽媽一定會答應的！」小丞說：「在台北時，媽媽就曾經到學校教過小朋友做餅乾囉！」

「咳！咳咳！……」德偉突然被開水嗆了一下，猛咳了起來。

「怎麼啦？」宏達關心的拍拍他的背。

他連忙搖頭表示沒事。

沒事？

沒事才怪！剛才小丞說啥？當真要請他媽媽來教室做餅乾？

不會吧……

哥哥的怒吼聲彷彿還在耳邊迴盪；媽媽落寞的神情猛得躍上了

他的腦海。

一想到小丞媽媽要拄著拐杖，經過偌大的校園，從那麼多人的眼前走過，他就忍不住的擔心。

不等德偉拼湊出個合理的理由說服小丞打消念頭，事情就這樣說定了，下回考完試，小丞媽媽就會來教大家做餅乾了。

「我媽媽很會做點心喔！」小丞很得意的告訴大家。

德偉無言的在一旁看著，心情好矛盾。

爲什麼？爲什麼小丞可以這麼乾脆的答應老師的提議？

爲什麼？爲什麼和小丞站在同一陣線的他卻沒有和小丞一般的勇氣？

怎麼……

怎麼所有事情的發展都和他想的不一樣？都和哥哥說的不一

樣？

本來小丞和他是同一國的，他一直這樣認爲。

因爲，他們都有一個和別人不一樣的、跛腳的媽媽。

可是，和小丞相處得愈久，他愈是發現，他和小丞、他的媽媽和小丞的媽媽，好像不太一樣。

哪裡不太一樣？他說不出來。

是哪裡不太一樣呢？

接下來的時間，他都支著腦袋靜靜的靠在桌上，看著小丞興高采烈的向同學介紹著他的媽媽。看著看著，他好像開始有些明白了！

他和小丞，是不太一樣……噢！不，是很不一樣！

是不是……德偉蹙著眉頭想著，是不是就因爲他們倆這麼的不

一樣，所以他們的媽媽也不太一樣呢……

「唉！」長長的嘆了口氣，德偉用力的甩甩頭，他想，他得花點時間把這些亂七八糟的思緒理個清楚。

他和小丞，真的是「一國」的嗎？

德偉真的愈來愈迷惑了……

7 討厭班親會

又是班親會！

德偉一手抓著通知單，看著單子上斗大的標題，無奈的嘆了口氣。

最討厭班親會了！

胡亂的把通知單夾進聯絡簿裡，德偉立刻舉手向劉老師表示要去洗手間。

「快去！」一向最討厭學生上課時間上廁所的劉老師瞪了他一

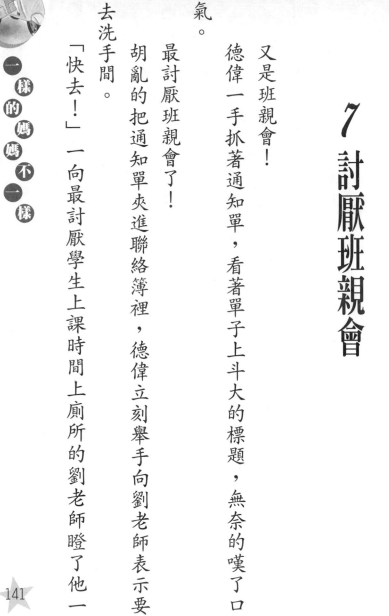

眼，德偉趕緊溜出教室。

「呼！」一個人走在空盪盪的走廊上，他長長的吁了口氣。他需要出來透透氣，剛剛教室裡那股熱絡的氣氛直壓得他喘不過氣來。眞搞不懂那群人，不過是個班親會嘛！幹嘛大家都興奮成那個樣子？

慢慢的踱到廁所的窗戶旁，德偉靜靜的倚著窗台發呆。不過是個班親會嘛，才不用這麼在意呢……他對著窗外那棵高挺的大王椰子樹喃喃的叨唸著。

南風輕輕吹來，風中的椰子樹不停的擺動著寬大的葉片，沙沙作響。

是這樣嗎？你眞的不在乎嗎？……

風拂過他的臉龐，他彷彿聽見了心裡的另一個聲音。

不在乎嗎……

「我才不在乎呢！」德偉低吼著，他卻突然發現自己的聲音在無人的廁所裡聽起來竟是那麼脆弱。

走向洗手台，掬起一捧水潑了潑發燙的面頰，德偉在牆上的鏡子裡看到了一張落寞的臉孔。

「我才不在乎呢！」德偉對著鏡子擠出一絲笑容，鏡子裡的臉也回給他一個牽強的苦笑。

邁開沉重的雙腳走向教室，心裡是千百個不願意，如果可以，他眞想就在廁所裡待上一整天。

還沒走到教室門口，迎面傳來的嘻笑聲就讓德偉的心頭陡然一顫。

大家都好開心呢！德偉悶悶的想著。

硬著頭皮走進教室，就發現小丞熱烈的向他招著手。

「怎麼了？」深吸一口氣，勉強打起精神，拉開椅子坐下。喔，他覺得自己快要溺死在四周鬧烘烘的笑聲裡了。

「你媽媽會準備什麼菜來？」小丞帶著一臉興奮的笑容問他。

「……」德偉愣了一下，一時找不到自己的舌頭。看來小丞並不知道他的媽媽從來不參加班親會的。

「老師說，星期天開班親會時，每個家長都準備一道菜來和大家分享，我想，我們這組先協調一下，免得大家都帶一樣的東西囉！」不知情的小丞猶一手抓著筆，盯著手上的記錄表告訴他：

「喏！你看！阿貴說他爸爸可以帶炸雞；宏達說他媽媽可以準備滷味；晴熙說他媽媽可以包水餃過來；裕傑說他奶奶開飲料店，可以幫大家帶泡沫紅茶；我媽媽不知道會準備什麼欸？……德偉，

你猜你媽媽會帶什麼來？」

「我媽媽……很忙，」清了清喉嚨，德偉顯得有些慌亂：「她……可能不能……不能來。」

「這樣啊……」小丞望著他，有些失望。

「你再回去問問看嘛！」宏達開口了：「好幾次的班親會你和張媽媽都沒來，好可惜吶！班親會很熱鬧、很好玩的！」

「對啊對啊！」阿貴在一旁附和：「我們都沒見過你媽媽欸！」

「回去問問看嘛！」小丞要求著。

「我……試試看，」德偉有些招架不住了：「可是，我媽媽眞的……很忙，所以……」

「問問看嘛！」阿貴拍拍他的肩：「要不然，我們打電話去跟張媽媽拜託。」

「不……不用啦！」阿貴的提議眞把德偉嚇壞了：「我回去問，明天再說，好不好！」

好不容易，大夥兒才放了他一馬，德偉已是滿頭大汗。

媽媽……不可能會來的！他知道。

下意識的摸摸聯絡簿裡那張薄薄的通知單，德偉偷偷的下了個決定。

「回家前一定要把它給扔了！」他在心裡提醒自己。

每次媽媽一看到這一類的通知單，總會失魂落魄個半晌。小時候不懂事，總是吵著媽媽一定要參加，媽媽不肯，他就又哭又鬧的；長大了，每每看著媽媽泛紅的眼眶，他知道媽媽心裡一定不好受。

這次，就別再讓媽媽難過了。

「只是班親會嘛！在家裡也可以玩的很高興啊！」直到放學，德偉都這麼安慰自己。

晚飯後，德偉坐在桌前瞪著課本發呆。明天要考聽寫呢！可是，他就是唸不下書。

聯絡簿就攤在書桌的一角，媽媽早已簽過名了。電風扇吹得書頁一上一下，他的心也跟著起起浮浮。

那張通知單現在應該跟著垃圾車到處去流浪了吧！德偉心想。唉，一想起教室裡的熱絡氣氛，他就渾身不對勁，一絲精神都打不起來。

鈴！……

客廳裡傳來電話的鈴聲，德偉瞄了瞄鬧鐘，八點多了，是爸爸

打回來的吧！爸爸總是固定在這個時間撥電話回家。

要是爸爸在家就好了！至少，可以請爸爸和我一塊兒去參加班親會……咬著鉛筆，雙手撐著頭，德偉知道他只是在做個遙不可及的白日夢。

「德偉？」媽媽敲了敲門，探頭進來看他。德偉連忙收攝心神，端端坐好。

「在看書啊？」媽媽走進他的房裡，緩緩的在他身後的床沿坐下。

「嗯，明天要考聽寫。」德偉轉過身，面對著媽媽：「爸爸打電話回來啊？怎麼沒教我聽咧？爸爸什麼時候回家呢？」

媽媽卻輕輕的搖搖頭。

「不是爸爸。是文貴打來的電話。」

「啊？」德偉嚇了一跳：「他打電話來做什麼？」

完了！該不會……

「你今天是不是忘了跟我說什麼？」媽媽炯炯的眼神望著他，看得德偉心虛的低下頭。

「沒……沒有啊……」

死阿貴，你給我記住！看我明天撕了你的大嘴！德偉在心底咒著。

「眞的？」媽媽的眉毛一挑，聲音稍稍拔高：「要不要再仔細想一想？」

「沒有哇！」不管了！他決心賴到底。

「那麼，文貴說的班親會通知單是怎麼一回事？」媽媽伸手拿過聯絡簿，翻了又翻：「你怎麼沒有帶回來？」

「對喔！通知單……」接過媽媽手上的簿子，德偉裝模作樣的抖了一抖：「啊！可能掉了……」

「哦？」

媽媽不再說話了，突來的安靜，讓一直不習慣說謊話的德偉有些不安。

媽媽，在想什麼呢？

看著媽媽輕蹙著眉頭，他不由得又埋怨起阿貴來了！沒事打電話來胡說什麼嘛！眞討厭！

「告訴媽媽，你爲什麼不肯告訴我班親會的消息呢？」媽媽抬起頭來看著他，問得他手足無措。

「我只是……忘了嘛！」媽媽很少這麼嚴肅的和他說話，德偉有些慌了。也許，他不該把那張通知單丟掉的。

「眞的？」媽媽聽起來似乎並不相信。

「眞的啦！」德偉突然叫了起來，把自己和媽媽都嚇了一大跳。

爲什麼？阿貴爲什麼要打電話來？媽媽爲什麼不能相信他一次？爲什麼沒有人可以體諒他的心情？

一時間，德偉覺得這陣子以來心中所有的慌亂與擔心似乎都化成了一股濃濃的怨氣，他再也憋不住了。

「反正……反正就算我說了，媽媽也不會去嘛！」宣洩似的吼出心中壓抑許久的委屈，扭過頭，德偉一把抹去從眼眶中偷跑出來的淚水，卻發現臉上早已氾濫成災。

「爲什麼別人的媽媽都會陪他們去學校，您卻不肯陪我去？爲什麼嘛？」德偉索性趴在桌上抽抽噎噎的哭了起來，他覺得好不公

平。

「對不起，德偉。對不起……」媽媽輕輕的拂著他的髮，他清楚的感覺到媽媽微微顫抖的掌心。

好一陣子，德偉才稍稍平靜下來。

「媽媽……」德偉回過頭，發現媽媽垂著肩，坐在床邊默然無語。

「媽媽，」看著媽媽紅紅的眼睛，德偉突然覺得很慚愧：「我不是故意的……對不起！」

「德偉並沒有錯，你不用跟媽媽道歉。」媽媽搖搖頭，伸手替他抹去淚痕。

「你知道嗎？其實媽媽也很想陪著你去學校，很想很想呢！」

媽媽抬頭，對著德偉笑了笑：「媽媽也好想親自和劉老師說聲謝

謝，謝謝他能慧眼識英雄，讓我們德偉能當班長，爲大家服務；媽媽也很想親眼見見宏達、文貴和小丞，和你每天掛在口中的好朋友們聊聊天，順便打聽一下德偉在學校乖不乖囉；還有呂莉玫，媽媽也好想認識她，她眞的有你說的那麼可怕嗎？不知道是不是我們德偉有眼無珠，誤會人家了……」

「才沒有呢！」德偉抗議的喊著，哼！我怎麼可能誤會那隻雨傘節！

媽媽又笑了，可是媽媽的笑容卻像曇花一樣，一會兒又隱入了唇角。

「德偉，你要相信媽媽，媽媽眞的很想認識你的朋友、你的老師，只是……」

「只是你怕我像哥哥一樣對不對？」德偉問。

「什麼？」

「你怕我會像哥哥一樣被同學笑，對不對？」德偉鼓起勇氣，囁嚅的把藏在心裡許久許久的話說了出來。

「你……記得？」媽媽一臉愕然。

「嗯！」當然，這麼多年了，他一直沒忘掉哥哥生氣的臉。

媽媽盯著德偉看了一會兒，似乎正思考著怎麼回答他的問題。

「對不起，德偉。媽媽還沒準備好……」媽媽輕輕的說著，眼裡盡是歉疚：「再給媽媽一點時間，好不好？」

「嗯！」德偉點頭，一頭窩進媽媽的懷裡。剛剛聽媽媽這麼一說，德偉心中的委屈早就煙消雲散啦！事實上，他好高興呢！媽媽的心底還是關心他的。

管他什麼班親會！

他決定了！班親會那天，就留在家裡好好的幫媽媽做點兒家事吧！

班親會隔天一早，教室裡依舊鬧烘烘的，德偉拖著書包，心不甘情不願的走進教室。雖然那晚和媽媽談過後，已經稍稍釋懷，可是，一到下課就聽著每個同學爸爸長、媽媽短的談論著星期天的活動，他還是滿心的不舒坦。

「嘿！德偉，來看看昨天的照片！」小丞招呼著他，看著小丞眞摯的笑臉，他總是找不到拒絕的理由。

拉著椅子坐到小丞的桌邊，四周早已圍滿了看照片的人潮，宏達把一張擠滿人頭的照片湊向他的面前：「這是昨天的大合照喔！你看，劉老師還帶著他的兒子來呢！」

德偉接過照片，瞇著眼睛在密密麻麻的人頭中逡巡劉老師的身影。

哈！找到了！嗯，劉老師身旁那個一臉古靈精怪的小傢伙，想必就是他的兒子啦！那雙眼睛簡直就是劉老師的翻版！

德偉的指頭輕輕的滑過光滑的相片，又高又壯的阿貴爸爸是裡頭最明顯的一個，他一眼就認出來了！宏達站在嬌小的媽媽身旁，都快和他媽媽一般高了呢！還有晴熙媽媽、裕傑奶奶、靜誼的爸爸媽媽都到了呢……哇，好多人喔！

望著相片裡一對對的親子檔，個個都是一臉燦爛的笑容。德偉輕輕的嘆了口氣，這般景象，在他的眼裡看來，除了羨慕，還是只有羨慕了！

啊！找到小丞媽媽了！

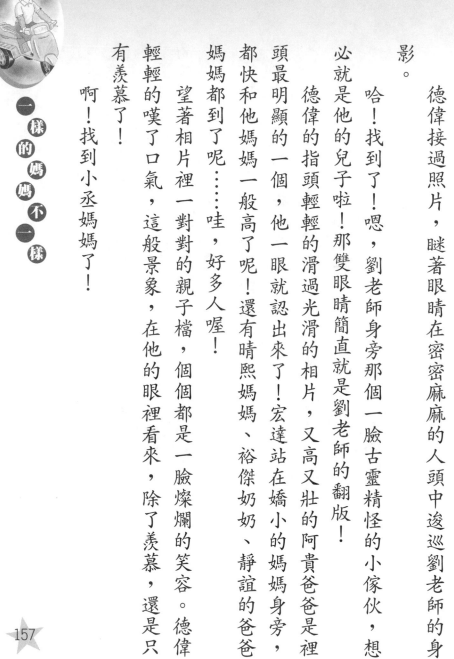

相片裡，小丞媽媽倚著小丞坐在椅子上，那副銀色的拐杖就擺在身旁，她還是一臉婉約的笑容，找不到一絲的不自在。

德偉再抬頭看看正忙著登記加洗照片的小丞，和阿姨極爲相似的笑容依舊大大的掛在小丞的臉上，昨天的聚會一定很開心吧！應該沒有人輕視阿姨的腳……

如果，哥哥的同學也能這樣對待媽媽，那該有多好！德偉在心中深深的爲媽媽抱不平。

「咦！呂莉玫的媽媽也有參加欸！」德偉輕呼了起來，以往，呂莉玫和他一樣，都是班親會的固定缺席者。

「嘖！眞是不像！」身旁的阿貴順著德偉的指頭看見了呂媽媽，又開始發表感言了。

「嗯！根本就不像嘛！」德偉頗有同感，點頭附和。呂媽媽看

來高䠷修長，溫柔婉約，和瘦瘦小小、老是兇巴巴的呂莉玫完全搭不上線，怎麼看都不像！早在榕樹下看到呂媽媽時，他就這麼覺得啦。

「什麼不像？」宏達湊到他的身邊問他。

「喏！」德偉遞過照片，順道把音量加大，蓋過了四周的嘈嘈雜雜：「你看！呂莉玫和她媽媽長得一點都不像，根本就不像是呂媽媽生的嘛……」

話才剛說完，腦門突然挨了一巴掌，德偉猛得回頭大叫：「是誰啦？幹嘛亂打人啦！」

只見呂莉玫的鄰居兼死黨——侑芳就站在他後頭，圓睜著杏眼，一把糾住他的衣領，用力的將他拽離人群。德偉急著想對阿貴、宏達喊救命，可是大夥兒正專心的看著照片，根本沒人理他！

「做什麼啦！」他跌跌撞撞的被侑芳拖著走，眼角的餘光卻瞥見呂莉玫正呆立在人群之外，愣愣的不發一語。

德偉心中一驚，他想，他這一輩子大概不會忘了呂莉玫此時的神情。

那是一種驚訝、擔心和傷心混合而成的眼神，他認得的，因爲，他在媽媽的眼睛裡看過——就在哥哥被同學嘲笑後的那幾天。

怎麼會？一向犀利的「雨傘節」，怎麼會有這樣的眼神？好不容易站定了的德偉，睜睜的看著呂莉玫默默轉身回座，完全失了平時趾高氣昂的神氣。

「都是你啦！」侑芳「啪！」的一聲，又在他的肩上拍了一掌。

「我又沒怎麼樣！」德偉揉著發疼的肩，眞是丈二金剛，摸不

著頭腦。雖然他和呂莉玫是世仇，但總不能將惹呂莉玫心情不好的帳都算在他的頭上吧！他很確信今天他什麼也沒做！

「還不都你説什麼像不像的！」侑芳望著伏在桌上的呂莉玫一眼：「她可是好不容易才鼓起勇氣帶她媽媽來參加的吶！你卻這麼説她……」

「什麼？」德偉更糊塗了，帶這麼漂亮媽媽來參加班親會還要勇氣啊？眞正需要鼓起勇氣的應該是他吧！

「難道你不知道嗎？」侑芳嘆了一口氣，墊起腳尖附在他耳邊輕聲的説：「照片裡的呂媽媽並不是莉玫親生的媽媽呀！」

「啊？」除了第一次遇見小丞媽媽的那天，這是德偉第二次覺得自己的下巴快掉啦！

不會吧……

「不許再說出去！她還沒準備好讓大家都知道！」侑芳兇巴巴的瞪著他：「也不許再到處跟別人說她和她媽媽不像了，知不知道？」

「嗯。」德偉趕緊鄭重的點點頭：「我知道了！」

侑芳又賞給他一個大白眼後才放了他轉身朝呂莉玟走去。留下德偉一人呆立在教室門口。

不會吧……

看著教室裡塌著雙肩的呂莉玟，德偉心底升起了一股濃濃的歉意。

好久以來，他一直不能諒解傷害媽媽和哥哥的人，沒想到，他現在卻也扮演了傷害別人的角色。

媽媽和呂莉玟，在某些方面來說，是相像的吧！她們……都還

沒有準備好將心底的秘密讓大家都知道呢！

可是，他卻在呂莉玟還沒癒合的傷口上灑了一把鹽——就像嘲笑哥哥的那群同學一樣！

「我不是故意的！」德偉歉疚的在心底朝著呂莉玟吶喊，「我眞的不知道……」

那麼，哥哥的同學，是不是也是無心的呢？……心底突然冒出的念頭讓德偉陡然一驚。

這麼多年了，第一次，他對哥哥的同學不再有怨。

8 呂莉玫的秘密

一連好幾天，呂莉玫都沒搭理他。

在平時，德偉鐵定高興得樂翻天。可是，現在他除了滿心的歉意之外，一點兒也開心不起來。

每每看見呂莉玫閃避他的眼神，他都會想起自己躲躲閃閃的鑽進小巷子裡找媽媽時的心情。德偉深深的明瞭這種隱藏秘密的痛苦，看著呂莉玫因爲自己無心的話而承受了這般的壓力，他好過意不去。好幾次，德偉鼓起了勇氣想和她說聲抱歉，可是一接觸到呂

莉玟那雙有些慌亂的眼睛，不知怎的，一句「對不起」便一直哽在喉頭，不知如何開口。

說也奇怪，他竟然懷念起和張牙舞爪的「雨傘節」鬥法的日子。

該怎麼辦呢？

唉！德偉長長的嘆了口氣。媽媽老是說：「人愈大，煩惱愈多。」看來這句話果真沒錯！他這一陣子嘆氣的次數，大概是前十年的總和再乘以二啦！

「喂！你又怎麼啦？無精打采的？」宏達推了推他的手肘，提醒他：「快把課本拿出來吧！老師快進教室啦！」

「喔！」德偉懶懶的應了一聲，慢吞吞的從書包裡掏出課本。

操場上傳來了正在打躲避球的班級的嘻笑聲，大概都是已經考完畢

業考的大哥哥大姊姊吧！德偉打心底的羨慕他們。

眞好！不用再整天關在教室裡了！

「喀！喀！喀！」

隨著劉老師有力的皮鞋聲逐漸接近教室，德偉趕緊拉回飛得老遠的思緒，乖乖的翻開課本。

不一會兒，隨著劉老師那十分富有磁性的嗓音，德偉又再度陷入了「老僧入定」的狀態，一顆心隨著窗外吹來的南風飄啊飄，彷若在雲端。他眞有點兒慶幸媽媽不認識宏達和阿貴，否則，媽媽一旦知道他上課時是如此狀態，不氣壞了才怪。

「好啦！今天就先上到這裡吧！」劉老師「碰！」的一聲闔上了書本，突來的聲響，讓德偉又回了神。揉了揉睜得發酸的雙眼，正巧收到了宏達疑惑的眼神，德偉無奈的回他一抹笑。

「對了！六年級的畢業典禮就訂在六月二十日，按照往例，學校規定每個班都要製作一張全開的歡送海報。」劉老師拉開椅子坐下，眼睛溜溜的在班上掃射了一圈，宣佈了這項消息。

「有沒有自願的？」老師問。

教室裡靜悄悄的，沒人吭聲。期末考在即，每天都有寫不完的測驗題、考不完的試，大家都火燒屁股了，誰會肯啊？要是平常，德偉鐵定會自告奮勇，第一個舉手，可今兒個心情不佳，他也只是垂著頭，不發一語。

「咦？沒人自願啊？」劉老師似乎有些訝異。

德偉抬起頭，放眼望去，只見教室裡盡是一個個不安的扭動著的背影，還是沒人有勇氣擔下這個重責大任。

德偉直覺有不好的預感。

唉！每逢這種狀況，劉老師只會有一種決定。

果然——

「那麼，就請班長、副班長、學藝股長和服務股長四個人負責囉！」劉老師細長的指頭將講桌敲得咚咚響，一副「就這麼決定了」的臉色。

「還有沒有別的意見？」

「沒有！」偌大的聲音在教室內響起，德偉不禁在心裡犯嘀咕，瞧！一旦事不關己，大家的聲音可就大啦！

每次都這樣！

好啦！一個大好的星期六，就這麼泡湯了。

身旁的小丞輕輕的拍了拍他的肩，算是鼓勵吧！德偉認命的癱在桌上，側著臉對著也是一張苦瓜臉的宏達一笑，想想還有人陪著

受苦受難，也罷！

念頭一轉，才想起呂莉玫也得來做海報，德偉心裡陡然一沉。該怎麼面對呂莉玫？他光想就心慌。

今天找個時間跟她道個歉吧？德偉在心底盤算著。

想歸想，一整天下來，還是什麼話也沒敢對呂莉玫說……

他想，他實在太低估了「雨傘節」的創傷恢復力了。

星期六一大早，德偉懷著忐忑不安的心情踏進教室，不見宏達蹤影，倒見呂莉玫一個人氣呼呼坐在桌前。

德偉愣了一下，進也不是，退也不是，就這麼佇在門口，手足無措望著脹紅了臉的呂莉玫。

「早……早安！」德偉好不容易才找到自己的聲音，打破了一

室的寂靜。

「早什麼早啦！」呂莉玫像憋了許久的火山一般，「嘩！」的站起來，瞄準了他就來個大爆發：「你自己看看！現在都幾點啦！」

「才……才超過了五分鐘啊！」被噴了一鼻子火山灰的德偉趕緊指著教室牆上的大掛鐘爲自己辯解：「而且我又不是最後一個！」

奇怪！被呂莉玫這麼一吼，心情怎麼突然好起來了？

「拜託！人家宏達和靜誼早就來啦！他們是去隔壁的文具店買工具！」呂莉玫哼了一聲：「哪像你！眞是狗改不了吃……唉！算了，不說了！」

呂莉玫揮揮手，一副懶得理他的姿態。

咦？這麼輕易就饒過他啦？德偉有些訝異，他還是比較習慣呂莉玫連珠炮般的轟炸聲。

「你還站在那裡做什麼啦？快點來搬桌子啦！」

教室裡又再度響起他所熟悉的吼叫，德偉突然開心的笑了起來。

「遵命！」對著呂莉玟行了個舉手禮，德偉立刻動手將桌子併在一起，好充當待會兒畫海報時的工作檯。

一抬眼，卻看見呂莉玟正狐疑的盯著他瞧，看怪物似的，德偉衝著她笑了笑，繼續挪動桌子。

「你吃錯藥啦？發什麼神經？」呂莉玟皺著眉頭，不可置信的別過頭，兩條烏亮光潔的長辮子忽左忽右的擺動著。

「嘿嘿！」德偉咧嘴一笑。

他從來沒想過，再見到元氣十足……喔，不！是「火氣」十足的雨傘節會是這麼令人振奮的一件事呢！一面拖著桌子，他一面在

心裡偷偷的發誓，今天無論雨傘節如何大顯神威，他決定來個打不還手、罵不還口——這樣，他心裡的愧疚感也許會少一點吧！他想。

一整天下來，德偉確實的奉行著他的「最高指導原則」——

「張德偉！去倒水！」雨傘節說。

「是！」他乖乖的拎著水桶盛水去。

……

「張德偉！你又在偷懶了！快去把水彩筆洗一洗啦！」雨傘節又叫了。

「好！」二話不說，抓起水彩筆直往洗手檯走去。

……

「張德偉！你在發什麼呆啊？還不快把地上的紙屑掃一掃！」

又是一陣怒吼。

「來了！」握著掃把，一陣狂掃，雖是弄得漫天灰塵，倒也掃得一乾二淨。

「拜託！你是幾年級啦？哪個正常人掃地像你這樣掃的？」雨傘節摀著鼻子，尖著嗓子對他大叫，一點也不領情。

「就是說嘛！」居然連靜誼、宏達也跟著起鬨。

「好啦！Sorry啦！」低聲下氣的，他趕緊放輕力道。

頭一歪，正巧接收到宏達似笑非笑、幸災樂禍的眼神，德偉瞪了他一眼，繼續低頭掃地。

忍耐！忍耐！再忍耐！

至少要忍到明天再說……德偉一面揮動掃帚，一面在心底爲自己打氣。

終於完成囉！

收拾好教室，把尚未乾透的壁報往黑板上一掛，德偉趕緊開溜。畢竟要和一隻老是愛找人麻煩的雨傘節和平共處對他來說可不是件輕鬆的事，再多待個五分鐘，他眞怕自己一個不小心會把喳喳呼呼的呂莉玟一起掃到垃圾場去。

「呼！」

脫離了呂莉玟的「掌控」，長長的吁了口氣，德偉眞是佩服自己今天的耐力，要換成幾天前，他早掄起掃帚和她來場生死決戰啦！

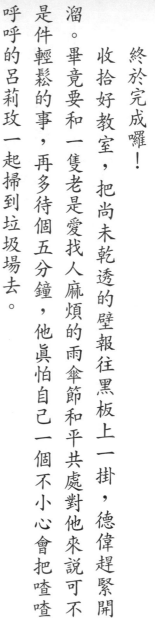

算了！誰要自己得罪別人在先！

搔搔頭，忙了一整天，對呂莉玟的罪惡感似乎減輕了大半，連腳步都輕鬆起來了！

「張德偉！」

才拐出了校門口，背後就突然傳來了一陣令他不寒而慄的呼喚。

我的天！怎麼又是她！

德偉煞住了腳，硬著頭皮轉過身。只見呂莉玟朝著他直奔而來，他下意識的往後退了幾大步。完了！我又哪裡惹到她了？

「喂！你把錢包忘在教室啦！」跑得氣喘吁吁的呂莉玟把手上的東西往他身上一拋，便彎下腰直喘氣。

德偉一把接住他的小錢包，突然有些不知所措。

「沒事跑那麼快幹嘛？我在後面叫了你好幾聲你都沒聽見！」呂莉玟順了順氣，對著他說。

「我……」德偉抓了抓腦袋，低頭望著小錢包發愣，不知該說些什麼，好一會兒才擠出點聲音：「謝……謝……謝謝你！」

呂莉玫突然噗嗤一笑。

「說『謝謝』有這麼難嗎？」她看了他一眼：「你今天很奇怪喔！」

話一說完，她搖了搖頭，不再理他，轉身走了。

德偉呆立原地，看著呂莉玫那掛著兩條雨傘節的背影愈離愈遠，突然想起了有句話一直忘了對她說。

「等一等！」來不及細想，他忙追上前去，與她並肩而行。

「嗯？」呂莉玫有些驚訝的看著他。

「對……對不起！」他鼓起勇氣，終於把積在心底好多天的話說了出來。

「啊？」只見呂莉玫一臉不解的看著他，好像他在說哪個星球的外星話。

「我是說，那一天我說妳和妳媽媽不……不像的事，我……不是故意的。」德偉清了清喉嚨，囁嚅的說：「我不知道……後來侑芳才告訴我……」

呂莉玫放慢了腳步，低頭不語。沉默好一會兒，她才抬起頭，對他笑了笑：「沒關係了啦！已經過去了。不知者無罪——老師不是常這麼說嗎？」

「你——不生氣？」德偉很好奇，雨傘節什麼時候這麼大肚量？

「生氣？」呂莉玫別過臉，輕輕的將垂落胸前的長辮子甩向身後：「那幾天我擔心都來不及了，哪有空生你的氣？」

「擔心？」德偉不明白。

「是啊！我眞擔心你這個大嘴巴會拿這當新聞，到處散播呢！」

「拜託！我又不是阿貴！」德偉鄭重的提出抗議，他可一個字也沒對別人提過。

呂莉玟又笑了。

「我知道啦！可是，就是會擔心啊！」她無奈的聳聳肩，清亮的聲音逐漸變得微弱：「其實，我也一直告訴自己，世界上又不是只有我一個人有新媽咪，不要去管別人怎麼說……可是，那天突然聽你這麼一說，我還是嚇了一跳……」

「我眞的很抱歉……」

「不怪你！眞的！」呂莉玟對著他擺擺手：「是我自己沒有心理準備……我以爲，只要我不提，就不會有人知道……」

他和她，竟然會有相似的想法呢！德偉好驚訝。

一小段的沉默後，呂莉玫又笑了起來：「看出這個『破綻』的鐵定不只你一個吧！嗯，我得好好想想，該怎麼讓大家知道我有個不輸給眞媽媽的新媽咪囉！這……不再是個秘密了吧。」

在呂莉玫輕鬆自若的笑語中，德偉几自陷入了沉思。

要是……要是有一天，也有人發現了我的秘密，我該怎麼辦？我會怎麼做？

他突然好羨慕呂莉玫，羨慕她終於解脫了秘密的桎梏，羨慕她面對眞實的勇氣——就像，他羨慕小丞一般。

他多麼想和小丞一般大大方方的挽著媽媽在人群中自在的來去；多麼想和呂莉玫一樣鼓起勇氣走出秘密的牢籠，多麼想啊……

他和小丞、呂莉玫，都有個和別人不一樣的媽媽呢！可是，他們倆都不再爲這種「不一樣」所苦惱了，只剩他了……

勇氣呢？勇氣在哪裡？

天知道，心裡那個難言的秘密早已壓得他幾乎透不過氣來了！他多麼想有個宣洩的出口！

秘密啊？誰肯聽……

羨慕的望著呂莉玫陽光下那張如釋重負般的笑顏，他竟不知不覺間撤了心防。

「我媽媽和小丞媽媽一樣吶……」

聲音戛然停止，他急急的掩住唇角，緊張的盯著呂莉玫張大了的眼。

他不懂，自己怎會在大冤家呂莉玫的面前吐露埋藏許久的秘密？

她會怎麼反應？會不會笑我？

冰涼的汗水濡溼了緊握的手，望著呂莉玟眨巴眨巴的大眼睛，他好後悔……

「我知道！」呂莉玟斂起笑容，一臉正經。肅穆的神情一如大家第一次見到小丞媽媽的那個早上。

「咦？」她知道？德偉有些訝異，她知道些什麼？

輕輕踢開腳邊的小石子，呂莉玟轉過臉，定定的望著他。

「我……看過你媽媽！」她說。

德偉張大了嘴，突來的暈眩讓他有些穩不住腳，他一定聽錯了，呂莉玟怎麼可能見過媽媽？

他以爲，這會是他永遠的秘密了！可是……她卻看過媽媽？

「三年級時，有一次你忘了帶便當盒回家，記不記得？」呂莉玟瞅著一臉不敢置信的他問。

當然記得！隔天一大早，他的便當盒就高高的懸在班級牌的掛勾上，頗有古代「斬首示眾」的架式，便當袋上斗大的「張德偉」三個大字就面對著人來人往的走廊，還讓他招來大家的一陣嘲笑呢！

「嗯！」他點頭，有些不解。忘了帶便當盒和看到媽媽有什麼關係？

「那天我當值日生，留在教室掃地，老師發現了你的便當盒，就要我拿著便當袋去追你，」呂莉玫頓了一下，對著他笑了笑：「我一路跟著你走進那條巷子裡，看著你坐上你媽媽的機車，來不及喊你……」

「所以，你早就知道了？」德偉驚訝的看著呂莉玫，心裡還有濃濃的疑惑：「你怎麼都不說？」

兩年來，他和她大戰不下三百回合，領教過她不少尖酸刻薄的語言暴力，但眞不曾聽過她拿這件事來說嘴。她應該很明白這是他的致命傷才對啊？怎麼……

「我想，張媽媽一定是還沒準備好讓大家知道，才會在那麼小的巷子裡等你吧！」

說到這兒，呂莉玫換上了一臉不好意思的笑：「我知道那種感覺。以前，我也不喜歡洪阿姨——就是我現在的媽咪啦！——我也不喜歡她來學校接我，就怕大家發現她不是我媽媽。」

聽呂莉玫這麼一說，德偉好想對她說些什麼，不待他開口，呂莉玫就對著他眨眨眼睛，接著說：「可是，現在我很高興她肯來喔！不像以前我只能眼巴巴的羨慕別人有媽媽接送……尤其那天看到你媽媽腳不方便，來特地來接你放學，我可嫉妒死了！」

陽光燦爛，德偉的心好暖好暖。看著笑得燦爛的呂莉玫，他突然覺得她好像也不是那麼討人厭嘛！雨傘節兇歸兇，其實也長得蠻漂亮的……

「有媽咪可以撒嬌，眞的好好！」呂莉玫下了一個結論，對著他露出一個有史以來最大的笑容。

靜靜的跟著呂莉玫往前走，一路上他沉默著，不再說話，心裡卻是百折千轉。

是啊！有媽媽眞好！

只是……

他不懂自己，還在猶豫什麼……

9 一樣？不一樣！

期末考終於結束啦！

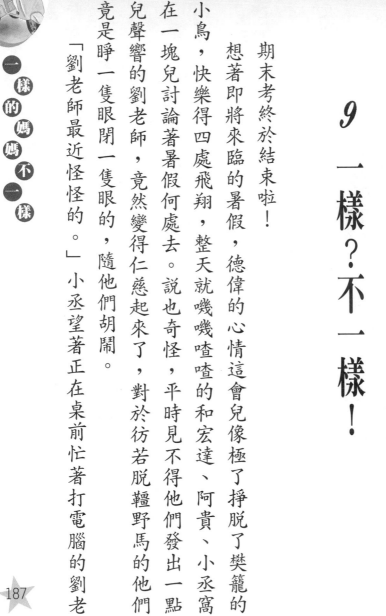

想著即將來臨的暑假，德偉的心情這會兒像極了掙脫了樊籠的小鳥，快樂得四處飛翔，整天就嘰嘰喳喳的和宏達、阿貴、小丞窩在一塊兒討論著暑假何處去。說也奇怪，平時見不得他們發出一點兒聲響的劉老師，竟然變得仁慈起來了，對於彷若脫韁野馬的他們竟是睜一隻眼閉一隻眼的，隨他們胡鬧。

「劉老師最近怪怪的。」小丞望著正在桌前忙著打電腦的劉老

師看了半天，下了一個結論。

「大概是快分班了，劉老師開始捨不得我們了！」阿貴雙手環胸，一副「先知」的表情，說著。

「才不是呢！」宏達搖搖頭：「他大概看膩了我們，乾脆來個不理不睬。」

「咦？要分班啦？」小丞驚訝的臉上帶著一絲惋惜：「那我們還有沒有可能在同一班？」

「不知道吶。」德偉聳聳肩。他最討厭分班了，想到要和好朋友分開，心裡就一陣惱，眞討厭。

「好啦！不要再煩惱分班的問題啦！又不是我們能控制的。」宏達提高了嗓子，鼓舞士氣似的：「這個星期三下午一起去逛逛，好不好！」

「好啊！」阿貴頭一個贊成，帶著一臉得意的笑：「去逛電腦商場好不好？我最近又存了一些錢，又可以買遊戲了囉！」

「嗯！我也想去逛逛那附近的書局，可以順便買些書暑假時看。」宏達附議。

「小丞，你可以一塊兒去嗎？」德偉問：「一塊兒出去走走啦！分班後，在一起玩的機會就少了。」

「嗯……可能不行吶……」小丞望了大家一眼，有些不好意思的笑笑：「我已經答應我媽媽要陪她一起去買星期四做餅乾的材料了欸……」

「做餅乾？」德偉有些不解：「不能改天再做嗎？」

「拜託！」阿貴伸出圓圓胖胖的指頭戳了戳德偉的腦袋：「你忘啦？劉老師請小丞媽媽星期四來教我們做餅乾啊！」

「哦！對喔！」總算想起來了。

「沒關係啦！小丞。」宏達拍拍小丞的肩：「暑假再找時間一塊兒出去走走吧！」

「嗯！」小丞點點頭，笑了，一會兒又神秘兮兮的附在他們面前輕聲的說：「欸！先說吧，你們喜歡吃什麼口味的餅乾，我可以請媽媽先幫你們準備好喔！」

「哇！眞的！」三人一陣歡呼：「太好了！」

「什麼太好了？」背後響起了一個細細的嗓音，惹得德偉寒毛直豎。

唉呀！怎麼又來了？

德偉眞開始懷疑呂莉玫是不是在他身上裝了竊聽器，老是有本事在重要的時機出現在他們面前找麻煩。

「沒事！沒事！」他不耐煩的回頭對著呂莉玫擺擺手。開玩笑！要眞讓雨傘節知道實情，她鐵定去跟劉老師密告。

「沒事？」呂莉玫狐疑的瞪了他一眼，接著臉一沉，揮舞著手上書本：「沒事就不要大呼小叫的！請你們小聲一點，別人還想看書呢！」

「知道了啦！」德偉沒好氣的回她一個大鬼臉。

不甘示弱的呂莉玫也隨即賞他個超級大白眼，才甩著長辮子走開。

「管家婆！」望著呂莉玫的背影，德偉在嘴裡嘟嘟嚷嚷的叨唸著。雖然呂莉玫近來似乎沒那麼討人厭了，可是幾年來所結下的深仇大怨，可不是三天兩頭可以消弭的。

他左看右看，怎麼看就是看她不順眼！哼！

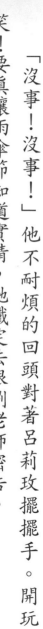

星期三下午，和宏達、阿貴來到了熱鬧的商店大街。在熙來攘往的人群中磨磨蹭蹭了半晌，好不容易才來到了他和宏達常來光顧的書局。

好久沒來買書了呢！不知道現在有哪些好看的書？「順便幫媽媽買本雜誌吧！」握著口袋裡存了好些時候的零用錢，德偉在心底計畫著。

慢慢在長長的書架間踱著步，德偉的眼光不停的在一本本精美的書本上流連。

「嗯……買什麼好呢？」唉，實在拿不定主意。

突然，展示架上一個燦爛的笑容抓住了德偉的注意力，他不假思索的將那本書抽了出來。

「咦！」瞪著手上的書，德偉不禁張大了眼，暗暗的吃了一驚。

書面上的男孩，有一張像一般年輕人一樣帥氣的臉龐，可是……他萬萬沒想到，這麼好看的男孩卻坐在輪椅上！更令德偉震驚的，是那個男孩竟然沒有四肢！

「怎麼……怎麼會有長這個樣子的人？」德偉不可思議的盯著封面直瞧。

「五、體、不、滿、足……乙武洋匡……」喃喃的唸出書面上的幾個大字，德偉仍然掩不住心裡澎湃的思緒。（註一）

顫抖的手指輕輕的滑過書本光滑的封面，停落在那帶著笑容的年輕臉龐上。

他認得這個笑容的。這個開朗、毫不矯作的笑容，也時常掛在

小丞媽媽和小丞的臉上。

「爲什麼……」德偉愣愣得望著不停的在他面前擴大的笑臉，有些呆了：「他……怎麼笑得出來？」

媽媽、小丞媽媽和賣麥芽糖餅的叔叔至少都還有一雙健康的手吶！而這位「乙武洋匡」卻連手也沒有！

他怎麼能笑得這麼開心？

一個好大的問號塞住了德偉亂糟糟的腦袋，他怎麼也想不出個所以然。

輕輕的翻開書頁，裡頭一張張的照片及介紹更是震得德偉無法言語。

哇！……

他唸完大學了！

他會打籃球！還運得一手好球呢！

他還會用僅剩一小截的手臂握筆簽名啊！

……

哇！平常人能做的事，他也幾乎都會做嘛！

「我的天！」德偉抓了抓腦袋，震驚的心情逐漸平復，只留下深深的佩服。

書很厚，字很多，對德偉來說，看起來好吃力。

德偉一向不愛看這類寫得密密麻麻的書，可是，對於這個男孩的好奇心卻驅使他不停的看下去。

他爲什麼能笑得這麼開心？

德偉好想知道！也許，他可以在書裡找到答案。

也許，書裡的答案可以告訴他，怎麼讓媽媽也能敞開心胸，開心的笑！

「嘿！你在看什麼啊？這麼入迷！」宏達拍拍他的肩，嚇了他好大一跳。

「選好書了嗎？我們還要去逛電腦商場喔！」

一提到電腦，阿貴就是一臉的迫不及待，德偉趕緊合上書，走向櫃檯付帳。

「回家一定好好的看完它！」德偉心想，這次他非把原因找出來不可。

小丞的媽媽來了！

一早德偉進到教室裡，就發現小丞媽媽已經坐在劉老師的大椅子上，銀亮亮的拐杖就靠在桌邊，身旁圍了一大群人。難怪今天沒

聽到呂莉玟喳喳呼呼的喊叫聲，原來她也塞在人群裡，而且還安靜得像頭小綿羊！

德偉緩緩的在位置上坐下，小丞的媽媽從遠遠的地方給他一個溫柔的微笑。

劉老師匆匆的來了又走，小丞媽媽好聽的聲音在教室裡響了起來，他還是端端的坐在那裡，動也不動。

盤旋在他腦袋裡的盡是昨晚看的《五體不滿足》裡的內容——

「……家有殘障兒的父母，往往會把小孩關在家裡，甚至不讓人發現有這個小孩的存在，但是我爸媽從未這麼做過……」(註二)

「……他們根本沒有把我當成殘障者。不過我覺得這樣很好。」(註三)

「……我認爲這只是我身體的一種特徵。世界上有胖子、瘦

子、高個子、矮個子、皮膚黑的人、皮膚白的人，即使其中有手腳不方便的人，也沒什麼好奇怪的。因此，我認爲沒必要爲身體上的特徵而苦惱。」（註四）

「沒有必要爲身體上的特徵而苦惱……」他在心裡不停的重複著這一句話。

教室前頭，小丞媽媽正耐心的告訴大家如何和麵糰，德偉依舊在座位上發著呆。

麵糰和好了！

小丞媽媽將麵糰分成一小塊一小塊的，讓每個人捏出自己喜愛的形狀。德偉從自願幫忙的呂莉玫的手中接過麵糰，對著她撇撇嘴角，就當是說過了謝謝，惹得呂莉玫不滿的瞪了他一眼。

教室裡盡是同學們開心的笑語。

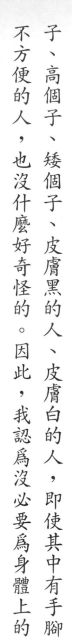

德偉卻絲毫提不起勁，機械式的撥弄著手中的麵糰。心裡還充塞著乙武洋匡燦爛的笑顏。

小丞媽媽將塑好形的麵糰送進了烤箱，不一會兒，濃濃的奶油香味就瀰漫了整個教室，挑逗著大夥兒的味覺。趁著等餅乾出爐的空檔，小丞媽媽決定爲大家唸幾個故事。

他不知道小丞媽媽說了什麼故事。

他也不知道大家在笑些什麼。

小丞媽媽就坐在前面，帶著跟乙武洋匡一樣開朗迷人的笑容，可他的眼睛卻不時的往擱在旁邊的拐杖上瞟。

窗外，炙人的陽光大剌剌的穿過了樹梢，在教室裡潑灑了半邊的金黃，銀色的拐杖在陽光下熠熠發光，好白好亮，好刺眼。

不知道小丞媽媽撐著拐杖出門時，是什麼樣的心情？

是不是和乙武洋匡一樣自信大方？

會不會擔心？會不會害怕？

怕不怕別人笑她？……

他好想知道……

不知哪來的勇氣，就當是熱昏了頭吧，他緩緩的舉起手，「請問……」

「嗯？」小丞媽媽的眼光從書本移到了他的臉上。

「請問，」他困難得吞了口口水，「您會害怕別人看你嗎？……我是說……我、我的意思是……」

教室裡突來的靜默，他識趣的閉上自己的大嘴，懊惱的垂下頭。

也許，他不該問的。

「搞什麼嘛！」他聽見阿貴的抱怨聲。

「阿姨！您別理他！」呂莉玫甜滋滋的聲音裡夾帶著微微的火藥味，「他這個人老是怪里怪氣的，最愛問些差勁的問題！您別管他！」

唉……也許，他不該問的。

笨蛋！他罵自己。

早上喝下的牛奶在肚子裡不停的翻攪，汗水濕透了他緊握的雙掌，他覺得他的臉燙得都快冒煙了。

「對不起……我……」他囁嚅的說。

「不！」小丞媽媽輕快的聲音在教室裡響起，「我要謝謝你！」

他嚇得抬起頭，阿姨已經合上了手上的書本，笑盈盈地望著

他。

「……」他不懂。

「謝謝你！真的！我很高興你注意到我和你們的不一樣，也很高興你這麼關心我的感覺。」

「咦？」他下意識的抓抓耳朵確定自己並沒有聽錯，再看看大家都一副不明所以的樣子，他知道並不只有他聽不懂。

「嗯……關於你的問題，我想我得承認，有時候我會很害怕。」

小丞媽媽也會害怕？德偉驚訝的望著她。

「您在害怕什麼？」阿貴一臉的迷惑。

「我很怕，怕你們把我看得太不一樣，也怕你們把我看得太一樣。」小丞媽媽淡淡目光輕輕的掃過大家的臉龐，停在小丞的身上。

德偉順著她的視線，瞥見小丞正俏皮的向媽媽眨眨眼，嘴角露出了一朵微笑。小丞媽媽的眼神隨即又晶亮晶亮了起來。

「什麼？」他不懂。什麼一樣不一樣？

小丞媽媽笑了，她指了指擱在一旁的拐杖：「瞧！這就是和你們不一樣的地方。」

嗯！這個我知道！他點頭，發現全班都專注的盯著那副銀亮亮的拐杖。

停了一會兒，小丞媽媽又笑咪咪的指指自己的腦袋：「這就是我和你們一樣的地方！」

班上靜悄悄的。風來了，窗簾一飄一飄，陽光不知不覺的移到了桌腳，銀色的拐杖依然閃著亮眼的光，他卻只留意到小丞媽媽眼底的光芒。

啊！靈光一閃，好像懂了……

「我媽媽的腳雖然和別人不一樣，可是她會做的事跟其他媽媽都一樣。」小丞有些害羞，又有些得意的宣佈：「她會說故事、會唱歌給我聽、會煮最好吃的菜、會騎機車去上班，會開車載我和爸爸去玩……還有很多很多，以後你們來我家玩，你們就知道了！」

看著小丞以媽媽爲傲的笑容，他有些恍惚了。這些事，媽媽也會做啊！他怎麼沒想到？媽媽做衣服的手藝還是鎮上最棒的呢！阿婆曾經這樣告訴過他，他怎麼沒想到？

「小丞，謝謝你的誇獎。」小丞媽媽環視了教室一圈，很鄭重的告訴大家：「可是，阿姨也得提醒你們，千萬不要忘了我也有和你們不一樣的地方。」

「爲什麼？」他又迷惑了，「您不希望我們都認爲您和大家一

樣嗎？」他想起了媽媽的心情。

「在我的心裡，我和大家並沒有什麼不一樣。但是，還記得剛告訴你們我所害怕的事嗎？我眞的很害怕大家把我看得太一樣。」雖然不懂，大家還是點了點頭。

「我忘了我的不一樣，才能鼓起勇氣，面對外面的世界，努力讓我的家人過更好的生活……這樣說，你們懂嗎？」大家又點點頭。思索了一會兒，小丞媽媽又繼續說著：「但是，如果連你們也忘了我的不一樣，那麼我和很多身心障礙的叔叔阿姨，都會過得很辛苦。」

咦？又不懂了……

「舉個例子來說好了。」小丞媽媽爲大家解釋：「我的腳不方便，上下階梯對我來說是一件很辛苦的事。所以囉，因爲有人注意

到了這個問題，現在才有殘障坡道的設計，方便我們走路、坐輪椅。」

喔！原來學校玄關階梯旁的那道斜坡有這樣的功能啊！以前還當那是給小朋友溜冰用的呢！他吐吐舌頭。

「如果沒有人留意到我們的不一樣，那麼，所有身心障礙的朋友都得不到應有的幫助了，對不對？」

點頭如搗蒜，懂了！

「可是，我們又好怕大家特別強調我們身體上的不一樣。」小丞媽媽有點難過的說。

「您剛剛不是說希望我們能注意到您的不一樣嗎？」呂莉玟不解的問。

「這也是我們矛盾的地方，」小丞媽媽蹙著眉頭，輕輕的嘆了

口氣：「我們很期待大家能關注身心障礙者的需要，可是，卻又害怕別人好奇、甚至是嘲笑的注視啊……」

害怕別人好奇、嘲笑的注視啊……

一整天，這句話都不斷的在他的腦海中盪盪漾漾。

媽媽，就是這樣的心情吧！

他想起了熱氣蒸騰的巷子裡媽媽孤孤單單的身影，心有些疼了。

他又想起了小丞談起媽媽時臉上那抹燦爛的笑容，再想想自己那頂包得只剩兩顆眼睛的安全帽，心裡除了疼，還有著對媽媽深深的愧疚。

他終於懂了！

終於懂了乙武洋匡爲什麼會有這麼自信的笑容！

終於懂了爲什麼同樣肢體殘障的兩個媽媽會有這麼不一樣心境！

原來，就因爲小丞和他看待媽媽的眼光是那麼不同嘛！

虧他還自以爲和小丞是一國的呢！

原來，他們根本是天差地別。

接下來的一整天，劉老師在台上劈哩啪啦的講些什麼，他一點也不知道。第一次，他是如此迫切的期待著放學時間的來臨……

怎麼還不下課呢？他坐立難安的想著。

怎麼還不下課呢？天曉得他的心怦怦的跳得多麼急切！

他急著想奔向那條長長的巷子裡去，去告訴媽媽——

告訴媽媽，陽光太大了，以後還是到榕樹下接他吧！

告訴媽媽，天氣太熱了，也許他眞的該換頂涼快點的安全帽啦！

他和小丞是一國的！他知道。

他和小丞是一國的！他相信，總有一天，媽媽會知道。

註一：乙武洋匡著／劉子倩譯，《五體不滿足》，台北：圓神，一九九九。

註二：摘錄自《五體不滿足》，頁30。

註三：同前註，頁257。

註四：同前註，頁258。

關於本書作者及繪圖者

作者簡介：梁雅雯，一九七五年生於台灣台南，現任職國小教師，並就讀於國立台東大學兒童文學研究所暑期部，教學、進修之餘，熱愛少兒文學的創作。

繪圖者簡介：徐建國，一九六五年生，台灣新竹人。目前專心從事兒童插畫創作及兒童刊物插畫。喜歡到外面看看走走，更喜歡製作模型、標本，沒事愛做白日夢、幻想繪畫題材。

現代少兒文學獎徵文辦法

——摘要

指導單位：行政院文化建設委員會
主辦單位：九歌文教基金會
協辦單位：九歌出版社有限公司

一、獎　項：少年小說——適合十歲至十五歲兒童及少年閱讀，文長四萬字至四萬五千字左右。

二、獎　金：行政院文化建設委員會少兒文學特別獎，以及評審獎、推薦獎、榮譽獎，分獲獎金二十萬元、十二萬元、八萬元、四萬元及獎牌一座。

三、應徵條件：

1.海內外華人均可參加，須以白話中文寫作。每人應徵作品以一篇爲限。爲鼓勵新人及更多作家創作，凡獲九歌現代少兒文學獎首獎者，三年內不得參加。

2.作品必須未在任何報刊發表或出版。獲獎作品之出版權歸主辦單位所有，由協辦單位負責支付該書專人插畫費用，並另行簽約支付版稅。

附記：本辦法為歷屆徵文辦法之摘要，每屆約於每年十月至翌年一月底收件，提供有志創作少兒文學者參考。（所有規定，依各屆正式公佈之徵文辦法為準）

九歌少兒書房 136

一樣的媽媽不一樣

作者　梁雅雯
繪圖者　徐建國
發行人　蔡文甫
出版發行　九歌出版社有限公司
臺北市八德路3段12巷57弄40號
電話／25776564傳真／25789205
郵政劃撥／0112295-1
九歌文學網　www.chiuko.com.tw
印刷　晨捷印製股份有限公司
法律顧問　龍躍天律師・蕭雄淋律師・董安丹律師
初版　2004年1月
初版7印　2020年8月
定價　200元

書號　0170131
ISBN　957-444-108-3
（缺頁、破損或裝訂錯誤，請寄回本公司更換）

國家圖書館出版品預行編目資料

一樣的媽媽不一樣／梁雅雯著；徐建國繪.
--初版. --臺北市：九歌，〔民93〕
面；　公分. --（九歌少兒書房. 第34集；136）

ISBN 957-444-108-3（平裝）

859.6　　　　　　　　　　92021659

5